我們終究還是錯過

人生各個階段
我們都會錯過許多
而「錯過」
也許是另一個過程的開始

林黛嫚 主編

淡江大學出版中心

目次 CONTENTS

新詩

小說

CONTENTS

極短篇

序：照見生活與生命

林黛嫚

這幾年，不管是在編輯出版領域或是從事教學工作，必然也是自然，有機會賞閱許多校園文學作品，在報紙副刊及一些校際或社會性的文學獎作品中，我觀察到一個現象——校園文學儼然已是台灣文壇的創作主力。我輩創作的時代，校園文藝也有其輝煌的天空，但和報紙副刊或文學雜誌所領導的文壇相比，校園文藝有初生之犢的大無畏和蓬勃生機，相對的，也有萌發新芽的稚嫩與青澀。因此，校園文學獎設立的宗旨之一，是爲這些才氣縱橫而猶待成長的文壇新秀一個自然成長的園地。

但在新世紀的台灣，科技產業帶來現代生活的巨大變革，資訊流通迅捷而無距離，樣樣和世界同步的情況下，形成的圖書產業是，年產四萬種新書，製造新書的速度和數量遠遠超過閱讀人口，而向來屬於小眾閱讀的文學更是被擠壓得能見度極低，於是副刊及隸屬於副刊的社會性文學獎和文學大環境一起式微。此消彼長，一向給予鼓勵和自由創作空間的校園文學，反而在沒有壓力的情況下，有出色的表現。

校園文學，一方面沒有社會性文學承載文學道統的大任而顯得綁手綁腳，不但自由度大，也能盡情實驗各種文學形式。同時，原本是新手易有的青澀不成熟，隨著年輕學生留在校園內的時間拉長，從大學到碩士到博士，更多的學識充實把所謂的「新」、「生」、「輕」都調整了、改進了，於是我們看到一篇新人的作品，它可能是校園的，卻不必然是青澀的；作者本身是創作新人，但作品卻不必然是初體驗，一個校園的創作新人也可能有豐富的創作及生活經驗，這是目前我在校園文學看到的希望。

五虎崗文學獎舉辦至今已卅二屆，這麼多年淡江學子的創作軌跡正驗證著校園文學獎的發展，本屆文學獎循例在上學期的期末公布徵文辦法，下學期的三月開始收件，本屆收到稿件數量及品質較之前幾屆毫不遜色。可能是因緣湊巧，也可能是本屆的宣傳公關做得到位締造的成果，無論如何，我們欣喜地收成這第卅二屆的文學果實。

在這一屆的得獎作品中，我觀察到幾個文學現象，其一是文體的變革似乎正悄悄進行，譬如散文小說化的現象越來越明顯，或許是散文這個文類，尤其是文學獎比賽的散文類，要在作品內涵及技巧間取得平衡越來越不容易，所以不得不向小說取經，借用了許多小說的技巧，運用在散文書寫上；而詩的部份也有散文化的趨向，只不過，這樣的文體變革如何持續發展，也是我輩必須共同思考的。

其次，人生經歷不夠豐富和深刻，於是所寫的作品便努力向細微處挑戰，有很多篇寫得不錯的作品（不管是散文或小說）都是「小題大作」，小題大作當然可以，不過若一味地向細微處追索，可能會使得作品的格局越來越小。

當然，能在眾多稿件中脫穎而出的必是佳作，作品中固然很多青春成長紀事，那種什麼也不做的小確幸心態表露得細膩入微，但我也欣喜地看到同學在有限的人生經驗中擴展識見的企圖，譬如對校園中會遇見的盲生同學觀察入微、深刻體悟；又譬如嘗試書寫家庭、校園之外的社會職場，這些部份，都讓讀者看到了淡江學子的更多可能性。

我們終究還是錯過，這是愛好文學創作的淡江學子發出的喟嘆。是的，人生各個階段，我們都會錯過許多，「錯過」也是一個過程，讓我們學習照見生活與生命。

PART 01

散文

河貓

中文博三　劉兆恩

又偷偷下起雨來。

彷彿要趕在雲層出海前把所有水氣散盡一般，這個昔名滬尾的古老小鎮，據說古人以爲這裡就是降雨的終點了。沉甸甸的雲層如燃盡最後的火花般毫無保留地落下雨滴，造就了這裡的空氣終年充滿古舊與潮濕的氣味。總是在這樣的天氣裡，我又想起了那日的雨後邂逅。

那時，趁著細雨方歇，我起身告別一座廁身於淡水河畔的咖啡館，卻因此遇見了她——一隻四處流浪的河貓。她無動於衷地蹲踞在我摩托車腳踏板上，雖然橘黃色的毛皮被雨沾濕矗立，卻無損其優雅姿態。她瞇起眼來舔舐前爪，如河畔特色藝品店裡陳列的雕塑。見我走了過來，仍舊慵慵懶懶也不躲避，只是斜著眼地看著我。

從馬偕圓環朝冰淇淋博物館一路延伸的老街後段，可以算是河畔流浪貓最大的聚集地。雖然貓兒並沒有呼朋引伴的習慣，但是友善的居住環境仍然爲牠們營造了一個適居的處所，不僅有愛貓社團專門照護，甚至還有了一個叫「河貓」的專屬名字。有時，我竟會覺得，誰說流浪的日子總好不過被豢養著的呢？

可惜的是，這樣的想法可能根本就只是我們一廂情願的幻想罷了。

那河貓的眼神透澈而黯淡如蒙塵的水晶，彷彿在對我陳述著她的生活。她說流浪意味求生，就必須面對環境的考驗：比如說尋找食物果腹、躲避流浪狗的追擊、留意四處橫衝直撞的大小車輛，還有，比如說人類的撲殺或惡意凌虐。

因而我想起了大概是她父輩以前的事。那是在距離她的生日還要往前好久好久的二〇〇八年，當時河畔一家餐廳因爲環境衛生的問題，找來清潔隊以捕貓籠帶走了十幾隻的流浪貓，一時之間整條老街竟差一點就成了無貓之境。這件被淡水愛貓人士稱作大撲殺的舊事，我想她大概很難想像吧？她大概也很難想像，那些被捕貓籠帶走的那些她的長輩，後來都怎麼了。只是經此一事，淡水愛貓人士紛紛向政府請命，才逐漸扭轉態勢，淡水老街因此從血腥之地一變成爲友善貓街。「人類畢竟是極爲現實的一種生物呀！不需要的時候就大肆捕殺，需要的時候卻又四處招徠。」我彷彿聽見她這麼說。

我撐著雨傘，緩緩地走到車前，見她並不離去，便伸手要摸。只是，她一見我的手朝她襲去，便本能而警覺地跳開了我的踏板。然我並沒有感到被拒絕的困窘，我知道，那樣的敏銳無非是生存之必要。還記得就在不久前的二〇一四年，福佑宮後頭的街道上，四隻出生不到兩個月的幼貓被斷頭且開膛剖肚地棄屍在草叢中，至今仍舊找不到凶嫌。因此，她是該當要警戒的，或許對牠們來說，人類就是這麼複雜的動物。友善有時，凶殘亦有時，於是保持距離以策安全便成了最直觀的上策。

只是她繞過了我的身旁走了幾步，我看著那步伐踏在雨後的街道如舞，竟輕盈地不留一點聲響。接著她豎起耳朵，回過頭來看了我一回，彷彿是經過了確認我是屬於友善的那一類之後，她才蹲坐下來，向我輕聲地叫。她的耳朵如對人展示般地豎著，我才清楚地看見她一邊的耳尖上平整地被剪去了一角，那是經歷過TNR的標記。「一切都是爲了生存。」她好像在說這都是不得已的，是爲了活下去而放棄了生育的能力。可是生了又如何呢？不過只是再複製一次同樣流浪的命運罷了。其實我們都明白這些道理：生命固然是傳承的，然而流浪的生活卻是不可賡續。說到底，人們僅只是需要幾隻數量有限的貓兒在河畔調劑，真的就只是這樣而已。

令人懸念的是，那日與她告別之後，雖然幾次經過這附近，卻不曾再看見過她了。

問了附近的店家才知道，原來幾個月前陸續出現了幾宗流浪狗攻擊河貓的事件。牠們成群結隊、進退有致地突襲河貓，已經造成數隻貓兒傷亡。因此，愛貓社團早已啓動防護機制，將多數的河貓都移動到安全的地方去了。那我想，她或許也已經被移送到他處了。

站在昔日的淡水河畔，有時候我會想著：她就這麼挾帶著纏綿而不可絕的梅雨到來，唐突地蜷縮在我的眼前。我知道她此生必然慣於流浪，流浪在這青石鋪成的河岸街道中。如若她願意向我分享今生的行囊，我想，那裡頭或許會有滿篋的水聲吧。

原點

中文四　潘思妮

半年，是我目前離家，在台灣最久的時間。

回程，從繁華喧囂的台北到新加坡，再過境到馬來西亞，經四小時車程，就會到達我的家鄉，馬來語叫**Batu Pahat**。此地沒有大城市的繁華與速度，亦無鄉村般的寧靜與緩慢，是屬適中生活步調的小城市。世上最美的風景，都不及回家的那段路程。

小時候常聽父親說車子能代步即可，無需豪華，不能讓自己成爲車子的奴隸；至於三餐隨便吃一吃就好；但家不同，家一定要堅固、舒適、溫暖，因它是最終的依歸。確實，人生無坦途，何處無風雨，孤身在外與恐懼搏鬥，受盡委屈，佈滿荊棘的道路使我們受傷，讓我們再一次重新站起來的地方不就是最初的原點。

父親中了一次樂透，雖當時家境不算富裕，但他仍把所有的獎金一股腦兒地傾注在興建我們期待已久的「家」。期間資金當然還是不夠，但父親總竭盡所能想盡辦法，用好的材料，較省錢的建築方法，幾乎每一個階段都是他親力親為，拉長建造時間，用少量的工人，監督工人的每一個工作細節，避免分毫的出錯，耗費了好幾年才完成「家」。而兩層樓高的房子，都是父親粉刷的。他用那佈滿老繭和皺紋的雙手，把他對家人深厚的情感，均勻厚實地塗抹在裡裡外外的牆上，父親笑說，這樣用料好，又可省錢。我想，重點在省錢。但父親對家的情感，卻不曾減省過。記得，當時他站在屋脊上粉刷二樓外牆時，身子一晃，我的心臟幾乎停止。常勸他，年紀大了不要老是爬高爬低的，他總說：「沒關係。」父親因曾從事過建築之類的職業，看過好多房子的室內設計狀況，所以，從房間到客廳、樓上到樓下、飯廳到中廳、廚房、陽台、儲藏室、車房等的室內設計，無不出於他一人的構想。但，他畢竟非眞正的建築師或室內設計師，此棟房子雖是他親手所打造，地基堅固，工程細膩，每一吋每一呎，一草一木皆是頑固老人的心血，但必然還是存在著一些問題。

父親總是自己省吃儉用，對待兒女卻有如土豪。他把我們送到高級的私立學校，生病就到私立專科醫院，吃穿從不愁。伸手要學費，就算皮夾沒錢，隔天早上鈔票依然猶如魔法般，雖皺巴巴，卻安靜平躺在書桌上。房子完成後，我們成了同學眼中的有錢家少爺千金。常回憶，當時父母是如何熬過來的？因那時，家境不算富裕。

當然其中少不了母親偉大的奉獻，她的勤儉持家，事事爲父親著想、忍讓他大男人主義的臭脾氣。我們偶爾也取笑她絕對是上輩子欠了他的債，今生今世是爲了還債而投奔向他。而父親上輩子則是欠了孩子們的債，孩子是他的弱點，注定爲我們勞神費心一輩子。不苟言笑的父親，皆以行動來表示他對家人的愛。那時，一家人心繫彼此。但可笑的是，我們像欠了我們家媳婦的債；自從媳婦進門後，種種問題就如那緊綳的琴弦般，須拿捏精準，一旦過於急進，琴弦將隨之斷裂，一觸即發。兄弟倆無不成爲父母與媳婦間首當其衝的夾心餅，讓人心疼。姑姑，最尷尬的身分，拿捏得好，一家和樂融融，一旦失言，裡外不是人，進退無措。

房子氣勢凛然如同父親性格，是一座穩固的靠山，我心中小小的城堡。城堡的籬笆除了石灰水泥牆外，還有白鋼，及父親親自打造的一片片木材拼置而成。每一片木材都是那雙粗糙的手用螺栓安裝上去的。因馬來西亞四季如夏，故籬笆內周圍環繞著許多的樹木，大大小小約有十來棵，甚至再多一些，沒仔細算過。大的與兩層樓並置，甚至更高，小的也有一層樓的高度。院子中間還有一棵樹葉長成一大片一大片的大樹，如向周圍展開那傲人羽翼，那便是父親早晨與傍晚坐著乘涼的地方。去年父親又在房子旁加蓋了兩層樓高的小木屋，我們稱之爲「鳥屋」，下層爲車房，上層有兩間木質房間及一個小客廳。「鳥屋」的由來是因父親與孫兒們開的玩笑，說：「因爲你們太吵鬧了，阿公喜歡清靜，所以要建間鳥屋，躲到樓上去看報紙。」人總是矛盾的，父親喜歡家人同一屋簷下，希望孩子以至後代無需煩惱住所之問題，故房子堅如磐石。但又想鞏固自己的私人領域，而有了「鳥屋」的存在，這點我像足父親。

每當寒暑假回家，我總喜歡在下午偷偷躲在「鳥屋」看看書與睡個小午覺，避開孩子們的嬉鬧聲。到了傍晚五、六點，母親的飯菜香便會隨著微涼的風，伴著四周颯颯作響的樹葉聲撲鼻而來，然後總會聽到母親拉開的大嗓門：「阿思啊！來吃飯咯！」每次我都會裝著沒聽到，因感覺太幸福，都會讓母親多喊幾次。若我回應了，還是沒下樓，就會聽到小小的腳步聲，用慢跑的速度傳來，一面喊著：「姑咪，吃飯了。」這時，小姪女便會探出機靈的小腦袋瓜，伴著她那稚氣的笑容迎向我，一切是那麼的美好。

這棟父親爲我們一家所蓋的大房子，目前僅住著父母與哥哥一家四口。姊姊、弟弟和妹妹皆離鄉背井到新加坡工作，通常好幾個星期才回來度個週末，星期日便又趕著出發到新加坡。這幾年，每當寒暑假我回到家時，面對化妝臺或書桌上那厚厚的灰塵，會有種這到底多久沒人住過了的淒涼感。我總會提醒他們：「這是家，不是旅館，請不要把它當成僅是過夜的地方。」回想，從前幾個小小身影坐在書桌前努力的樣子；晚間，爭得面紅耳赤，只為在客廳電視機前霸占最舒適的位置。驀地，莫名空虛。

我在台灣這幾年，姊姊嫁人後，一溜煙躲開了家裡那紛擾瑣碎的問題，無需直接面對。弟弟成家後，聰明的弟媳亦執意不與公婆同一屋簷下，另購新屋，組成小家庭。我了解父母心裡的失望，因一家人住在一起的希望破滅了，但又無可奈何。剛開始母親還不太習慣，時常會嘮叨：「小弟有另一個家了，他不要媽媽了。」我總會翻白眼地安慰：「您想太多了。」

弟弟成家前，已在新加坡工作，因此弟弟的新家大部分工程與瑣碎事務都由父親監督及弟媳來處理。四十年代大男人主義的父親遇到八十年代的媳婦時，可想而知問題是一籮筐。從室內設計、家具、電器裝置等各式各樣，想得到或想不到的問題都冒了出來。站在父親立場，認爲自己經驗豐富，想得長遠，不願讓孩子們吃半點虧；弟媳亦並非逆來順受之人，不想完全依照父親的建議，因此從一開始兩代的矛盾就已結下。一向孝順體貼的弟弟，兩邊的抱怨，夾心餅角色的他不就是照單全收嗎？他從不主動訴說自己所面對的煩惱，只有在我問起時，他才會鬆口。旁觀者的我，只能聽他訴苦，安慰他這只是個過程。

確實，哥哥成家後接踵而來的問題，曾一度讓我討厭明明視如生命般重要的姪女。父母親從小就把孩子視爲第一位，對待孩子的一切是那麼的小心翼翼，呵護到讓我們從小到大幾乎沒遇到任何障礙，一路走來是平順的。而結婚絕對是兩家人的課題，除了兩代的代溝外，還存在著兩個家庭的教育與生活方式。大嫂對於孩子的不用心，及母親沒日沒夜地照顧孫女，她沒有體恤與感恩，反而視爲理所當然。而母親不算是聰明的家婆，不懂得說話的藝術，也並非「歡喜做，甘願受」的那種，故總會向女兒發牢騷；姊妹們在新加坡工作，母親訴苦的對象除了我還有誰呢？母親的抱怨，如滔滔江水、綿延不絕、不斷重複，我的種種負面情緒油然而生，某些時候眞想逃跑，來個眼不見爲淨。從前刁蠻任性的我，不曉得從何時開始，懂得顧全「家」的大局、化解小事、控制情緒，把自己定位成家裡兩代溝通及婆媳間相處的橋樑。

橋樑，不易。不想徒增兄弟倆除了工作外的煩惱，因此父母的牢騷並無完全傳到他們耳裡。天眞的認爲這樣做是對的，直到某次暑假回家，哥哥第一次嚴肅的對我說了一堆父母的不是，我反駁，但哥哥著了魔似的，聽不進我的分析。我當時心痛極了，知道婆媳間的問題已造成父母與孩子間的心結，且問題日益加劇。哥哥某次喝了酒後，突然獨自掉淚，說我們不了解他所面對的壓力。之後，每一次假期回家，總會有故事。而因家裡的氣氛怪異，哥哥下班後常喝了酒才回家。因哥哥固執，我嘗試透過信息的方式，清楚地分析問題，但他已讀不回。他的心，已存在一堵厚牆，任誰都打不開。此時才發現自己一開始的處理方式是錯誤的。同住一屋簷下的大嫂說父母偏心，另成一家的弟媳抱怨父母眼裡只有哥哥的孩子。原來，家絕對是女人的戰場。這幾年，父母與兄嫂的關係就像放風箏，飛得越高，線就會越緊綳，突然來的一陣狂風或與另一風箏交纏，都能讓它斷裂，而永遠遠離原來出發的地方；兄嫂們終於決定搬離家園。

十多年的建築物，在父母細心維護下，外表依然富麗堂皇，但畢竟住了十多年，屋身的內部結構必然出現許多問題。如樓上天花板內成了蝙蝠棲息地，導致蝙蝠糞便常從上而降；整棟房子水管的水近年似乎也總上不到樓上來；窗口好幾個開關也不太聽話，總發出伊伊歪歪的聲音；最嚴重的就是兄嫂住的那間有如旅館套房般大的主臥房之浴室，破裂的內部水管導致水滲透到牆壁及樓下的石膏，使得石膏裡冒出了幾顆大小不一的小水泡。父親擔心那水泡會不斷蔓延到整棟房子內部，影響電纜，於是便把那水泡給刺破，讓水流下來，阻止了它那想破壞整棟房子的小心思。但經過幾次維修，此問題尚未完全解決，那被刺破的洞口至今尚存在，無法修補，破壞了整棟房子的美觀。

從前家裡大小問題只要和父母說一聲即可解決，如今父母已年老，無精力再顧及房子細小部分，這難道不該由孩子們來守護嗎？孩子似乎總是向父母索取，卻不曾說謝謝，導致當父母無法再給予時，怨聲四起。

記得哥哥曾說：「爸實在老古板，房子內部結構已出現問題，但他卻不喜歡家裡敲敲打打，所以都只是進行一些小維修。這棟房子的地基絕對穩固，說難聽點，等再過個幾十年，我會把它重新拆掉，再裝修過。」我一時楞住了，說：「你的意思是會把這棟房子拆掉嗎？這可是爸爲了我們而打造出來的心血。」他或許知道我心裡的恐懼，說：「人總會老，房子總會舊的……。」他不曉得，我常被必然到來的那一刻的惡夢給驚醒，無奈阻止不了歲月從指縫間溜走，而淚濕眼角。常被人笑說，我是家裡最享受父母對孩子的不放手。誰曉得我是珍惜，因知道某一天，他們再怎麼不願意，還是會被迫鬆手。

踏在屋外那青青的草地，望著藍藍的天，我用力地深呼吸：多美麗的世界啊！家是人間最純淨的樂土，需要好好的守護。我心愛的姪女往我身上撲來，喊著：「姑咪，我好想妳。」這回，家家那本難念的經，又翻到哪一頁了呢？院子中心，黑色的眼睛深陷在眼窩裡，蓬亂的灰白頭髮隨風緊貼皺臉，低頭閱報。樹猶如此！

走海

中文博一 呂詠彥

長年居住在唯一不臨海縣份，思索著廣袤的海洋，總有幾許的憧憬和渴望。對於這不臨海的縣裡最大鎮的居住群眾而言，離海太遠並沒什麼不習慣，跟其他城鎮的居住者相比，還都得去掙錢、過活，思索著下一天該怎麼過，或說，該怎樣能過得更好些。

鎮上有條街，老一輩的人總喚它「舊街」，彷彿就是最古老的一條街，街頭連接著國民小學旁的圓環，尾巴則靠近省道的中正路，說是靠近，其實是隔著一條長相奇特的小街，街上老是散發著那股賣鴿人家的腥臭氣。舊街說也奇怪，一排看去盡顯舊時代的氣派，紅磚老瓦的建築成了大部份的眼底印象，對面那一排的房子從遠處望去，差不多由原圓環北邊那個角度看過去好像比較新，不過那時還不時興所謂的都市更新，也沒有什麼文化資產保護法這類的條文法規，誰有錢就能讓自己的房舍新穎漂亮。

新的那一排房子，記得中間有家牙醫診所，不過是沒執照的，我唸小學的時候去看過蛀牙，其實感受也不至太差。那時鎮上不比現在，牙醫缺得很，所以他們家的門口招牌畫個大嘴，露出皓齒，像是對人張著笑顏，登門看牙的人數還挺多，現在想起來確實有些心驚。他家最小的兒子是我國小隔壁班的同學，個頭小小的，有時口吐粗話，可是他哥卻是高頭大馬，有次我牙齦突然腫脹，好像受到細菌感染；他爸爸叫我把嘴張開，他哥就在一旁看他爸操作，頗有傳衣缽的味兒，想不到他們還想把密醫這一行業進行「世襲」。

這條街靠近圓環的地方，開了一間傢俱行，是我國小同學阿村的家。各種木製的桌子椅子櫃子通通要噴漆上油，往往在遠處便能聞到陣陣香氣，也不曉得這些味道對我們人的身體是否帶來傷害，阿村家已搬走多年，據說他考上監理所的公務員。舊街還有家婦產科診所，我自己做過歷史的考證，當年本人就出生在那裡，從出生證明書即知分曉，只不過負責接生的林醫師不知是否安在；婦產科的隔鄰還有一間禮儀社，當年有兩間的店面寬，才容得下棺木的擺放，只是他們也遷離此地，現在由一家賣線上遊戲軟體的商店取而代之。

雖曰舊街，養生送死之功能兼具，但她真的稱得上是鎮裡最古老的一條街嗎？鮮有人能說出一個頭緒來，但是可以確立的是，距離舊街的東南方三百公尺處，還有一條更具古意和更繁華的街。換句話說，老式房屋上的牌坊和裝飾物不僅在數量上比舊街保存的多，而且還更加精緻美觀。

外公經營的布店就位在這街的中段上，對街還有兩家銀行，人們稱此街是鎮上最富裕的街道，本來我也沒有想到這麼多，聽到表弟跟外婆閒聊，才知道的，想想也有幾分道理。百餘公尺的街道至少有五、六家布商。從日人統治的後期，大家喜歡上街買布來裁衣，賣布的生意很有賺頭，同行間免不了競爭，不過阿公與那些布商關係還不致失和。有次颱風來，久歷風雨的屋簷終於產生漏水，小水滴慢慢從大廳滴下，外公趕緊把靠近下層的西裝布料移開免得被浸壞，隔鄰信豐布行的阿枝嬸還拿著兩個水桶和一只板凳來支援救災，可見大伙兒生意歸生意，交情還不差。

我在小學之前，每早都由爸爸載我到阿公家，然後他再到學校去上班。一路上經過舊街路口的一間豆漿店，看見阿村家門口擺放凌亂的椅櫃，還未開門營業的密牙醫診所，和站立對側的正對著棺木敲敲打打的工人，坐在vespa後座的我偶爾亂比一些交通手勢，有點威風。

「跟阿安在一起，要乖。」爸經常叮囑的話。然後噗一聲又騎走，下班才由爸或媽其中一人帶我回家。阿安是表弟，舅父的兒子，舅父不想顧布店跑到日本去學什麼精密機械的，所以經常不在家。他在不在也無所謂，我跟小我幾歲的阿安玩得很瘋，不過在大人眼中很皮的他常被我弄哭，他媽聽到嚎哭聲就用責怪的口吻問我是不是慫恿他兒子去買啥名貴的玩具。

小朋友的玩耍，其實也不需要多有意思的玩意兒，活動照樣於焉展開，街坊的小孩兒聚集一塊兒，看看要玩捉迷藏，占電的或是猜謎的遊樂，只要有人帶頭發起，從街頭跑到街的末端都能搞得很盡興。街的最南端，聽說以前還有個火車站，只不過是小型不似大都會那種的有規模，僅用來運送甘蔗，人也能順便搭到臺中，我最大的阿姨就說她曾搭過，行程會顚簸弄得屁股疼。臺灣有火車站的地方通常站前都很熱鬧，可想見這條名為「平和」的街道在日本人轄治之下，所呈現時代的繁茂。

到了我孩提時期，車站已然消失，看到的是幾間灰黑的木屋和幾輛不起眼的出租汽車。不過旁邊的空地上總會停輛賣爆米花的車，爆米花的香氣傳遍數里，不過它拉爆的聲音挺嚇人的，就如同街尾有家傳三代的診所，門口有條半深不淺的水溝，平日我們小孩玩瘋了根本不把它當成低窪地看待。有次大雨持續許久，水溝的水都氾濫上柏油路面，正巧我跑步過去，水瞬即淹過我的腳踝上幾寸，幸好沒出事，把鞋襪都泡濕了，童稚時期的我真嚇一大跳。

不玩的話，就看著外公與客人交談。客人有很多種，有人純粹來購買布料，有的還讓外公在紅紙或白紙上頭題字，有的則是業務員，推銷那一款的布最暢銷，訂好之後過幾天就會整捆的送來，外公再喚店裡的夥計阿國幫忙拆包。

午覺睡起，我都會挪張小凳，呆坐在布店的門口，因爲我既幫不上外公的忙，臨時也找不到玩伴，閒望街上往來的過路人變成一種嗜好。

「剛睡醒喔，小朋友。」旁邊忽然走出一位老者，說完話後兀自呵呵地笑著，不出我所料抬頭一看就是阿嘉伯。

「你怎麼知道啊？」

「臉紅紅的，小孩都這樣的。」

「你的臉也是紅紅的啦，你去喝酒了嗎？」實在不太禮貌，都還沒跟他問好，還一直在「鬥嘴鼓」，他還是笑著走進布店找外公或外婆閒聊。阿嘉伯也不是天天來，不過出現時就引人一股喜氣，他長得福福態態挺著一個彌勒佛般的肚子，頭頂呈現老人家該有的稀疏白髮，常穿著縫製口袋的舊式白色內衣以及深色的西裝褲，從斜對面他開的皮鞋店緩步跨街而至，有多大歲數我不曉得，起初還以爲他是親戚，因著外婆要我叫他阿伯。

記得皮鞋店的前身應該也是一家跟布匹販售或是服飾相關的店面，阿嘉伯從彰化的鄉下搬來，可能是看準這條街的商機，皮鞋店開業了年餘生意看似不惡，不過招呼顧客的工作大部份阿嘉伯都交給兒子和兒媳去管，很快地街坊都知道這裡來了位狀似聖誕老公公的人物。

隨著經濟起飛，外公家要把後面原已不堪居住的屋舍予以拆除，並且購地重建。隨著房子愈蓋愈高，表弟和我還有幾個人，不管溽暑的烈酷，難忍的曝曬下依然在工地裡跑上跑下協助搬磚，有張我至今留存的照片，我躲在當時四樓工地磚塊叢裡咧著嘴笑開的獨照，年紀還幼，牙齒沒長齊全，身上穿著黃色的T恤，胸前繡上咖啡色的可愛小熊；那衣服早已扔棄。照片裡的背景能見著白色的彰化銀行建築體，阿嘉伯的店鋪就在彰銀隔壁的隔壁。

每天逛蕩工地，幾番冒險也闖出幾許樂趣。下午約三四點時，總會送剛煮好的綠豆湯或米苔目到工地，慰勞他們的辛勞。我想我也是貪吃，難怪小時的齲齒特多。

納悶的是，漸感秋意的當頭，怎好久沒見到阿嘉伯的身影。有天大早走進布店，察覺周邊氣氛都肅穆起來，兩位我不認識的大人跟外公、外婆竊竊私語，接著外婆低著頭，眼眶泛紅。

「那不就像路邊的野狗死了，隨便找個地方埋了沒兩樣啊！」說完了，外婆放聲大哭。這是我第一次見到外婆哭泣，連我都感受到那股淒淒的悲切，平時進入店內的躁動頓時安靜下來，可能也是我最後一次見到外婆掉淚，個性堅毅好強的外婆素來嚴管子孫和老伴，豈會輕易落淚，這次不然。

我再也見不到平時笑嘻嘻摸摸我的頭、常來串門子的白衣聖誕老公了。他就像我那件黃衣上的小熊，消失了。

阿嘉伯經朋友介紹，獨自參加澎湖七日遊的旅行團，就在搭乘遊艇欣賞海上風景時，不知怎的，就失足掉入海中，直到船返岸上，領隊清查人數才知大事不妙。

家屬聞訊後，大家都希望有奇蹟出現，終究在一週後沒有奇蹟發生，沒穿救生衣又不諳水性的阿嘉伯被海上作業的漁民發現，以不明的浮屍就近在花嶼就地掩埋，也通報尋找失蹤人口的警方。

阿嘉伯的家人由焦慮迅即轉爲哀傷，名爲平和的街道更爲平靜，嘉生皮鞋行因此歇業一陣子。過幾年後他們就搬走了，不過在搬走前我還去他們家買皮鞋，因爲我要進國中了。

長年居住在唯一不臨海縣份，思索著廣袤的海洋，總有幾許的憧憬和渴望。阿嘉伯就此長眠於離島燕墩山下。每逢清明，他的親人總會跨海去祭拜他。

隨著年歲增長，阿嘉伯的身影在腦中逐漸淡去。卻因服役，我被分發到跟澎湖列島很像但距敵方更近的金門島，與我在同一訓練中心受訓又一同抽到金門的同袍阿昌，彼此分發到不同的單位。

阿昌在守海防的步兵連，到士校集訓後成為士官，回到連上還是要值勤務要背值星，最常看到的是海，要注意海上的動靜，不能有絲毫的差池，否則會害到自己也會危及全連。

我則是在第二線的坑道裡辦公，偶爾休假時會在街上遇到他，順便找個小吃店吃飯。印象中阿昌是南部人，沒想到閒談之中他說小時候住過我鎮上時常經過的「舊街」。

「那太巧了！」我們兩人表情有些驚訝，世界果然不大。只是阿昌的爸爸因為職務調動的緣故，很早就搬到南部去，他的記憶裡就是圓環賣肉圓的那一家人和舊街尾的一家理髮廳。有些店就像人一般，跟時間賽跑，都不存在了。

「每天看著海，好玩嗎？」我突然找了跟生活有關的話題。

「剛開始有點無聊，習慣了，就好。不過要小心。」小心什麼？是怕老共的水鬼摸上來嗎？想到這心涼了一陣。當阿昌說其實怕的是上級來查哨、督導時，心領神會的都笑了。

阿昌說他來到連上報到，已將近破冬的階段，不過還是會想家，尤其是看到海上的船隻和船上的漁民，就會想到遠方故鄉的親人。有時出現漁船越界捕撈，得要鳴槍示警，把他們驅離，阿昌說還真擔心會傷到人。

「上個月東割灣岸邊還漂來具浮屍，身體腫脹得很，可能死亡多日了。」阿昌忽然加入一個話題。

「你們把他就地掩埋了嗎？」阿昌說最終通知海巡和警方來處理。人隨地被埋葬，是否就像埋了一隻無主的死狗？

沒有答案。遠處的海聲，呼呼的嘯湧著，規律的拍打岸邊的礁石，翻騰出幾種顏彩。彷彿看見那位白衣西褲的老翁，笑嘻嘻地挺著那大肚朝前走來，趨前向我招呼。

而海，是淚海。

妳的母親

中文進四　江亦婷

我不會說，我的母親促使了妳的離開；就如同妳說，妳花了好一番功夫，才讓妳的母親前行至今。

我想，妳的母親是一位極富包容力與愛的人。不，我的母親也是，只是她以不同方式試圖愛我，但我難以領情。

在妳告訴妳的母親，我是妳的人生伴侶後，我和她見了面。她擁有足以療癒人心的聲音，她看我的眼神，好似我是她第二個女兒；我想，這是承蒙了妳得到的愛，所以她也願意愛我，視如己出。

姊姊曾經帶男朋友回家。那天早上，母親起了大早，奮力地將房子打掃得更乾淨（母親視家務爲與生俱來的使命），圖個好印象。「來這邊坐呀！」托著鮮切水果盤的母親咧嘴瞇眼，笑。那個男人踩上新拆封的室內拖鞋，端坐在雙人座沙發右側，隔著茶几上的陶製茶杯，恭敬地聽著另一頭父親和母親說話。那段對談稱不上聊天，是問話。有幾次我蹲在樓梯間偷聽，家世背景、工作性質和那張笑臉底下的性格，我想知道什麼樣的人，他們才覺得好。不過我總歸納不出結果，那些內容都很無趣。

妳的母親和我說了許多話，不論是拉拔孩子長大的辛酸，或是與妳父親相處近況，她都與我分享，我們甚至像朋友般天真爛漫地討論星座占卜；就好像她一直等著我出現，迫不及待要說與我聽。她理解我有所憂慮，於是更溫柔地認識我，談話過程中，猶如雙手不斷被輕撫般，既溫暖又踏實。我無法確定，她是否明白這足以帶給我們多大的力量，她只是竭盡所能地做了她所能及的。任何能做的她都願意去做，她願意接受「我們」。

「孩子，在愛裡沒有什麼是妳需要害怕的。」

儘管如此，我仍然在意自己的姿態舉止，和姊姊的男朋友一樣，求表現，出於最原始的善意。我們重視每一次讓對方家人認識自己的機會，爲展現出最好的自己做足準備；討論什麼樣的衣著合適、模擬可能出現的對話和狀況，演練不下百萬次（妳緊張的模樣眞是可愛極了）。但是，我的母親不讓妳表現，她不在意房子是否一塵不染、也不在乎妳的行止。演練派不上用場，令人惋惜，能不能見到妳緊張的模樣已經不重要，我討厭母親不願意認識妳。她不願意認識我們。

有次，我們去賞花。是河津櫻，在日本這是最早盛開的花種之一，它的香氣淡雅、花色粉嫩可愛；只可惜花期不長，綻放到完全凋零約莫七天，十分短暫，偕著青春這般死去，乾脆俐落。天氣轉涼，妳把圍巾圈上我的脖子，自己搓著手心發熱。母親喚我過去幫她拍了獨照，也請妳幫我們拍了合照，像請路人幫忙一樣。她避免與妳存在同一張相片裡。伴著一地的細碎粉櫻花瓣，食物香氣從草皮另一頭熱鬧地飄過來，臭豆腐、烤香腸、米粉羹……。妳給我買了前幾天就嚷著想吃的棉花糖，我們坐在樹下撕著吃。糖色藍藍綠綠地沾上舌頭，妳扮起鬼臉俏皮地吐給我看，逗得我樂不可支。一串給姊姊、一串給我，母親買了香腸過來。手裡拿著最後一串，她說：「啊！不好意思，忘了買妳的。」妳淺淺地回應：「沒關係。」瞥見妳眼底閃過嘆息，我悄悄地拉了拉妳的左手，妳輕輕回握，示意我真的沒有關係。真的沒有關係。

這讓我憶起在妳的母校散步那天。我們牽著手，踩在紅土小徑上，不論是跑道旁的鞦韆或是池塘邊的老榕樹，都能引妳滔滔地說，聽著，我便到了妳的過去，和妳一同長成。天色暗了，手機鈴聲響起，妳的母親貼心地問我們想吃什麼晚餐，順帶催促我們回家。才進家門，她便急忙地說：「今天實在忙，沒有時間下廚，讓妳吃便當，眞不好意思！」我記得那個時候，我也說了「沒有關係，眞的沒有關係。」

妳喜歡母親的手藝，妳說，家常菜是最好的味道了。我喜歡做菜，我說要和妳的母親學幾道妳喜歡的口味，讓妳離不開我。這件事妳轉述給妳的母親聽，她比我還期待，總說一有空就教我。她也不希望妳離開我，我這麼想著，暗自竊喜。

每次我們從家裡回來，都認眞地給對方打分數。我會興奮地說：「今天妳媽媽和我說了……」、「她還說妳爸爸……」，有的時候，妳會驚訝談話內容是妳也不知道的事；換妳了，妳說：「今天妳媽媽沒和我說上幾句話……」、「有次她還搞錯了我的名字……」。我想，她是有意的，我略過幾次她抗議和忽視妳的眼神，發現她刻意地避開妳、避免與妳接觸，這直接傷了妳的心。我非常心疼妳，卻沒有辦法阻止這類事情一再發生。

妳和我提過，妳是如何領著妳的母親接受妳的性向——時不時分享同志議題的消息和影片與她，以及和她談論很多我。妳說，她很樂意告訴妳對於那些資訊的心得，甚至主動提起我。她知道我們在一起很快樂，而這是一件美好的事。我也時常分享那些資訊與我的母親，她總說讀了、看了，僅僅這麼說。每當我提起妳的時候，她便急著結束話題。我想，她知道我們在一起很快樂，僅僅是知道而已。

以愛之名，行恨之實。

妳總說我不夠努力。我無法告訴妳，不被自己的母親認同，我也非常難受。她拒絕接受我，原因是——她認爲我們本身就是錯誤。我沒有勇氣開口，在那個時候。明知道妳受了委屈，卻連一句合適的安慰話語都說不出來，其實我恨透了自己無能爲力，非常深切地。

沒有辦法得到姊姊輕易得到的祝福，我很自責。我想問妳的母親，她是如何做到認同妳、接受自己的女兒是同志；並請她告訴我的母親，我們不是錯誤，她的女兒很棒，我們在一起很開心，這是一件極爲美好的事。我想，或許同樣身爲母親說的話，她便願意信了。

不過來不及了，妳離開了。妳的母親曾經說，這一路走來妳很辛苦；妳也說，當然經歷過被嘲笑與自我定位混淆的階段（妳細細說話的模樣總是很吸引我）。原諒我只能無能地撫著妳的髮絲，告訴妳一句「辛苦了」，卻不能給妳如妳的母親給我的愛。我被教育不能恨我的母親，就如同小時候我從不知道世界上有同性之間的愛情存在一樣。是這個世界和社會帶走了妳。

我們無法結婚，在法律上不被認同；我們不被祝福，如同我的家人否定這樣的感情存在。但是，妳的母親給了「我們」希望，她願意接受我，並給了妳完整的愛——這樣的愛是眞實存在的。

我會開始不恨自己，因爲妳的母親給我們的愛與包容，讓我更清楚明白——我們從來不是錯誤。在這個看似自由的世代底下，我會持續不斷地往前走。

在愛裡，沒有什麼是你需要害怕的。

我的盲生同學

中文一　俸開璿

上大學後開始跟視障者有很頻繁的互動，我常常在走去上課的路上遇到他們，最初遇到，都會有想幫他們，帶他們去要去的地方的衝動，但是我始終沒有跨出腳步，總是默默地走在他們後面，或是看著他們走一段路確定他們安全才繼續往自己要去的方向走。

國小的時候看完《再見，可魯》後，我開始想了解視障者是如何看待這個世界的。他們是如何在沒有色彩的世界裡生活呢？想要知道他們的感受，怎麼認識他們所處的環境。在這個世代，「眼睛」是極為重要的器官。影視業蓬勃發展，每天都有新的電視劇、娛樂節目上檔，新的電影開拍，人跟人之間的對話也都被文字取代，或甚至不打字直接傳貼圖了，打開通訊軟體點進貼圖功能，你會發現幾乎每天都有新的貼圖上架。藝術展覽越來越多，攝影展、畫展、模型展……，如果你有去看展覽的習慣，環顧四周，你不會看見視障者。

電影裡，男主角因為看不見、沒有光覺就索性不開燈。班上的盲生同學在拿到講義的時候對沒拿到的同學說了：「我的講義可以給你喔，我看不到。」在這世上總會有那麼一點存在對他們來說是沒有意義的，就像那些展覽裡的作品一樣，他們看不到。很多人都說，我們不應該差別對待任何殘障者，但他們確實和這個世界大部分的人有著不同的形象，與其去思考彼此的異同，或許了解才是他們最需要的。

慢慢的熟悉大學生活之後，我跟班上的同學有了互動，認識了班上的盲生。某天在去上課的路上，我遇見其中一位盲生同學——A。從背後叫住她，A馬上停下腳步，害怕絆到別人似的，用雙手抓住向前延伸輕觸地面用來辨識前方障礙物的導盲杖，緊緊地靠向自己的身體收起；想要讓自己佔的位子縮小於是雙肩聳起，兩隻腳也貼近著彼此；微微弓起的背讓她的頭也向前傾了些——她在聽聲音的來源。這是A在路上遇到人會有的反射動作，或許她自己不自覺，或許她是故意的，但我全都看在眼裡。

我快跑過去她身邊，手肘向她握著導盲杖放在胸前的手輕靠，示意她捉住我。在路上遇到A時，我不會刻意說我是誰，她也不會問，因為她對聲音很敏銳，在叫她的那個瞬間，她就已經透過聲音辨認對方了。一路上，我們沒有太多的對話，我知道她一定會覺得無聊，因爲我們在不同的小圈圈裡，沒甚麼共通話題，加上我是個話少的人，少到連看得見的同學在跟我相處的時候都以我爲無趣的標準。對一個視障者來說，聽覺跟觸覺就是他認識世界與外界交流的方法，但是A總不可能一見面就對我的臉胡亂摸一把吧！所以我的聲音、我的話語成爲她認識我的關鍵。在一個看得見的情況下，一個安靜的人會被用害羞文靜形容；在一個看不見的情況下，一個安靜的人只能跟無趣畫上等號。

走到教室其實只要五分鐘甚至更短，但那天我卻覺得那段我每天走的路好像多了好幾十公里，帶著A我的壓力好大。她會希望我講點甚麼，開啓一些話題，我注意到了，因爲她會時不時就把頭靠過來，就像收音器一樣，想從我這裡收到一些聲音，這也是她其中一個習慣動作。每當我遇到A，她發現我不講話就會自己找話題，但我的回答似乎每一次都讓她失望，於是她也安靜了。到了教室，我問她要不要坐前面，她說要跟我一起坐後面。一直以來她都是坐在教室的第一排，我以爲她跟班上的前幾名一樣，是那種喜歡坐在前面跟老師距離最近的位置上的學生，但事實上是因爲坐前面對她或是帶她到教室的同學來說最方便。

那堂課其實是一堂讓我很頭痛的課，老師講課的內容很玄，上完課，課本總是白白的，我根本聽不出重點在哪，筆記也無從做起，她卻在我身邊振筆疾書。A上課不用課本，都是聽老師說然後自己做筆記，她的課本就是她自己寫的筆記。她的右手抓著綠色的點字筆，筆尾圓圓的弧度跟她彎曲的小小掌心合得剛剛好；左手壓在點字板上一邊聽課一邊把筆戳進小方格內，然後筆穿過方格在本子上鑽出好幾個洞，那些小洞慢慢排列成他們獨有的文字。有那麼一段時間我只是看著筆不停地被戳進那些格子，看著她重複著那樣子的動作，速度好快就跟電影裡那種專業的秘書在打資料，手不停敲打鍵盤的感覺一樣，發出喀喀喀的聲響，好像再用力一點就會把桌子穿破了。A的筆記本下面墊著一塊板子，大概是不想影響身旁的人書寫減緩點字太快會造成的桌面震動吧。也有可能是因爲發出的聲響太大會影響上課，所以要墊著板子讓它有消音的效果，反正不管是哪個原因，都爲了別人著想而做的。

下課的時候，因爲身旁的同學都在聊天，我聽得見，她也聽得見，而那樣的聲音似乎暗示她現在的狀況應該是要跟身旁的朋友開心的聊天，於是她把頭湊近，用耳朵對著我的臉，一如往常她希望我能說些甚麼的時候。我要不低頭玩手機，要不抬頭盯著黑板，即便我看不懂老師到底寫了什麼。我把所有的動作都放得很輕，不想驚動她，不想讓她知道我在幹嘛或感受到我的情緒，更精確的說是，我不希望她發現我在迴避她的邀約。

眼睛是靈魂之窗，人跟人交流時，看著對方的雙眼是件很重要的事；A看不見，在進行對話時沒辦法有眼神的接觸，不管怎樣她不會知道人在交談時會是怎麼樣的情形，但我相信她知道人跟人交談是會看著對方的眼睛的；似乎是意識到這點，在我一直忽視她幾乎快貼上我的臉頰的耳朵後，A突然把臉轉向，用正面對著我，她的耳朵換成了緊閉的雙眼就在原本的那個位置上。我好害怕，我不知道該說什麼，壓力驟增，丟了一句「我要去廁所」後就抓著手機走了。

那天下課之後要陪她回宿舍，我告訴她等我一下然後把書跟筆袋一個一個收進書包，但她一直問我：「B呢？B有來上課嗎？」B是在班上跟我比較要好的同學，而A跟B是同一個校友會的，她們互相也很熟識。B朝我們走來，我比了個手勢表示要回宿舍，她點頭後向A打了招呼，然後A就很自然地摸到她的手肘跟著她走了。

那五分鐘不到的路程她們聊得很開心，A甚至笑出聲來了，那樣的笑聲讓我想起媽媽的大學同學。她大學時期的那群朋友們裡面有一位是盲生，小時候我都會跟著他們去聚會，氣氛總是很愉快、很開心的，大家都是面帶笑容回憶過往、聊著近況直到聚會結束；我一直都希望也以爲自己能跟媽媽一樣，在面對視障者時依舊能夠如此自在從容的相處、對話。

當下我很難過，眼淚已經積在眼眶了，我不敢哭出來怕她們發現。靜靜地跟在她們後頭低頭看著自己的腳，踏著兩個小時前帶著A去上課的那幾步路，好像希望時間倒轉讓我重來一遍一樣，倒著走上那段路試圖把時間踩回去，腦海飄著原來我不知道如何跟盲生相處的想法，不知道該跟A說些什麼，她只急著找B，想脫離我這個安靜的氣壓。

彷彿對於A，活在沒有色彩的世界不是最讓她難過的事，而是遇見了我這樣的人才會讓她的世界矇上一層灰。

PART 02

新詩

致城市裡的半身——我們終究還是錯過

英文四　關廷恩

我翻開上一個人遺棄的報紙
邊角上似曾相識的咖啡漬
城市裡匆忙來去的
共同記憶

你是同類嗎
或者只是自作多情的想像
手指沿焦黑斑塊的邊緣
描畫著心的形狀

城市的咖啡漬不是你
城市的咖啡漬是我們
自言自語自說自話的我們
害怕接觸的我們
相似卻
相親的我們

叮噹玻璃門響
趕著下一班公車
你再次潑灑整杯咖啡
黑褐色的線條
是啓示或者寓言
率性展示自我的孤獨
怎麼還沒向你搭話呢

明明連因寂寞
故作姿態的模樣
都一樣

可我終究還是不夠勇氣
遺落了一把雨傘
在街角那個咖啡館
若是你將它拾起

請不要物歸原主
請當作你也遇見了我

什麼也不做

中文一 簡妙如

如果我可以
專心熬一整晚的夜
什麼也不做
只靜靜地待著
也許就能聽見
月光灑在枕頭上的聲音

挑一個多雲有風的下午
赤腳在小鎮上穿梭
除了遊走以外
什麼也不做

這樣就不用擔心
來不及探訪
我每一位親愛的朋友

如果有人
點亮街上所有路燈
我便可以
什麼也不做
停留在山腰的步道上
想像城市中有哪些身影
又將移動往何處

當大雨落下的時候
我會攜著一把傘
等在滴滴答答的屋簷下
什麼也不做

猜想
你經過時或許會發現
我也正好在這

低頭族

中文四　陳韻心

手指反覆摩擦直至失去紋路
因已無須辨認
相通與相同的信仰便足夠
讓游得最快的SIM卡嵌入隱密的缺口
繁衍，比市售的空機更昌盛
我們不是少數民族

性別與名字最無關緊要
每一個帳號與頭像都發現彼此
相像彷彿，制式的面孔
程式方塊堆疊在屏幕，猶如

我們陌生的緊貼
在0與1構築的方寸間，一毫米也是
遼闊的孤單

每滑動一次，聲帶便溶解一些
萎縮的雙足未履視線所及，那又何妨
癡癡凝視，任豐腴的謊言與荒蕪的真相鑽進虹膜
映射斷章取義與誇示
感受篩落的資訊在大腦皮質爆炸的震動，此刻
時間從乾澀的眼角滲漏而出
順著光纖流去，流去

諦聽Apple的福音
或者纂緊刻印HTC的贖罪券
當祂從雲端而下
載臨這個塵世

所有人都必須捧著祭器，不論大小的長方形
讓真實的自己趺坐，由虛擬攙扶
而後在勞動或休息、清醒或沉醉
任何合理或不合理的時刻
為食衣住行育樂祈福
Downlod，當若最虔誠的信徒
俯首低頭

蘭斯洛

法文一 王孝茼

蘭斯洛，他美麗的黑瞳眼睛
美麗的殘酷的世界
她常夢見他
蘭斯洛，他總在半夜潛伏臉書
他不按讚不發文
她的摯友頁面是空白
蘭斯洛，他挑染的金色髮根
壘球場的陽光太亮了
他守游擊
忘了她站在橋梁下發呆
蘭斯洛，他身穿著深藍色球衣

他戴著耳機
她在旁邊哭
蘭斯洛，他開始喜歡在ＩＧ上放照片
他的生活越精彩
她的愛心猶豫得越久
蘭斯洛，他溫柔拾起下一任女朋友的手
他始終沒有愛過她
她。

任憑風吹——敘利亞難民兒童日記

中文四　鄭安淳

1\. 星星從馬其頓落地，火車深夜出發
穿過瞳孔的陰冷
在邊界被封鎖
歡笑、木馬與布偶
這些都沒有了

一個黑夜，緊接
下一個黑夜。

2.
支援前線

把步槍和污泥都用笑容交換
腳下腥紅的雜草哭了
天空哭了

我不哭。

媽媽說要勇敢
轉動音樂盒
準備好自己的葬禮

3.
紅氣球

所有的雲層長出玫瑰
而荊棘是善忘的武器
如果只剩一個辦法打撈淚水：
讓我失明看見世界。

讓流浪的鳥在森林裡安睡
沒有炮火、紅眼睛
讓惡夢遠離
讓彈匣投遞床邊故事
讓我把花留給世界

PART 03

小說

雨夜無眠

中文四　吳雅芳

那天很奇怪，天空突然降下大雨。爸爸卻沒有開車來接他，媽媽也沒有。

幸好學校離家不遠，他跟老師借了愛心傘走回家，在家門前的盆栽裡拿出鑰匙，開門。屋內不知怎地，有灰藍色的氣團，氣團忽然濃，又忽然淡去，好像正上演什麼科幻片。他往氣團裡看了許久，才發現有個男子在裡面。他走近看，那男子年紀與爸爸相仿，黑髮參雜些微白髮，眼型細長，蓄鬍薄唇，穿白襯衫。男子看到他，開心地招手。男子的手很細長。他的腿不聽使喚地走到男子面前，聽著男子輕輕對他說：「你是小龍對吧。」他不知該如何接話，急著想找媽媽，卻下意識知道媽媽不在這個屋內，只有眼前這位不知哪來的叔叔。

爸媽都不在，無人可問了，可是他不能被這人看出來他在害怕。試試看吧，他想。他小心翼翼地問：「爸爸呢？」

男子微笑了，嘴邊有淺淺的細紋。男子說：「去買菜了。」

男子見他沒有回答，有些擔心地又問：「餓了嗎？」

他不敢再與男子對話，丟下背包，衝進房間。他不時感受到，背後的灰藍色氣團直逼著他，像是要將他捲入般。雖然那白衣男子已被他拋在腦後。

他鎖上門，習慣性地跳上床，將棉被蓋住頭，暫時隔絕外面的世界。他卻感覺有人走進房間，狐疑剛剛是不是忘了鎖門，那人欲將拉開他的棉被。他緊抓棉被內裡不放，那人便在這時叫起：「小龍，小龍。」

到底是誰的聲音？是爸爸嗎？還是那個男子？他直冒冷汗。那人一掌拍在棉被上，他繼續閉緊雙眼，那人又連拍了好幾下，一下比一下還重。他受不了了，睜開眼跳起來，卻看見眼前那消瘦蒼白的年輕男子，他的室友振哲。

振哲頑皮地取笑：「昨天明明那麼早睡，還起不來啊？」

「又玩到現在才回來。」他不甘示弱地回嘴。

「囉嗦什麼，又沒吵到你，我現在要睡啦，滾吧。」振哲賞了他屁股一巴掌，倒頭便睡，帶著一身酒味。

「酒喝少點行不行？」他知道振哲有聽到，只是假裝睡著。

他原本想要對振哲說剛剛那個奇怪夢境，卻又把話收回去，縱使那個夢境也常夢見好幾次。

他注視著那寬鬆棉質黑色上衣裡癱倒的軀體，肋骨非常明顯，細瘦地再也擠不出一點贅肉，他卻也不覺得這樣是病態的，在他看起來，反而像是在觀賞一個雕刻藝術品。從高中時期，他便是這麼看待振哲的。

和振哲住在一起平常是沒什麼太大問題的，但總有些時刻，讓他覺得熟悉而不安。他記起剛剛的夢。也許就像夢境裡重複播放的畫面，隨時隨地在提醒他。

他的手機忽然大響，是爸爸。他趕緊關掉調成靜音模式，出門。他知道剛剛那通電話是要他回家的。

他走到學生街上，進去一間常吃的早餐店。店裡只有兩位阿姨忙碌著，除了他沒有其他學生，只有他和角落那桌老伯伯。他往外探，街上沒什麼人，像個空城。大學生美好的春假就在這天開始，不過梅雨季節也似乎是開始了。

他對雨天特別有印象，像雨絲牽連著他的記憶般，一陣一陣落下時好似順便抽了他一絲絲的思緒。他想起高中時光，與振哲第一次見面的景況，下著午後雷陣雨。學校規定，高中二年級要分班，他選擇了社會組待在原班，選擇自然組的分了出去，也分進一些別班來的社會組，振哲是其中一個分進來的。

他第一眼看見的，是振哲漂亮的鼻子，鼻樑堅挺，鼻翼小小地縮在兩旁。

振哲很瘦，沒什麼鬍子，皮膚與其他男生相比之下，特別細緻，但沒有任何女性之感。還有一個奇怪的地方就是，制服明明很新卻弄得皺皺的，還混穿名牌運動鞋，顯然把自己搞得一團糟。

「幹嘛盯著我？」

「……抱歉。」他覺得自己做了一件非常沒禮貌的事。

振哲卻在他身邊的空座位坐了下來，爽朗地大笑，笑得棕色的眼睛幾乎看不見。故意的吧，他忿忿地想，但他不動聲色，深怕又惹出什麼笑話。

後來他發現這人像活在不同時空，一舉一動都令人匪夷所思，卻又充滿不知名的吸引力。

振哲腦袋很好，只是有些奇怪。例如振哲非常認真盯著老師講課，有時會突然哈哈大笑起來，蓋過老師講課的聲音。老師大聲問：「笑什麼？」振哲沒有被唬住，未曾減去臉上的笑意：「沒有，老師抱歉。」直逼老師怒氣地繼續上課。

「你剛剛在笑什麼？」他有天在下課時忍不住問了。

「無聊啊。」

他知道振哲與他的不同，這樣無法形容的異處，讓他對許多事情產生了興趣。他對於花招百出的振哲，卻又有股熟悉之感。相處後他也漸漸知道，振哲平時不會流露笑以外的情緒，其實可以說是毫無情緒，隱藏極深。

他吃完了早餐。店裡除了煎煮食物的聲音外，非常安靜。角落伯伯走了，不見其他學生踏進來，座位全空，好似這裡是他的私人空間。在要離開之前，他外帶一份歐姆蛋套餐和一杯奶茶。

他回到住所，屋內一團糟，幾雙名牌球鞋丟散在衣櫃附近，地面上還有一只使用過的咖啡色Porter皮夾。他看著坐在床角的振哲，大概知道發生了什麼事。

「不睡啊？」他想了很久，也只擠出這句，雖然他知道後來的對話會開始重複。

「那賤人，他媽的不要臉。」

他靜靜的聽，不做任何動作，也不回應。

「耍我是吧？」

他依舊看不見振哲的表情。他只是在心裡想著，這樣一次又一次的怒罵，什麼時候該夠了？那個人聽見了嗎？他開始有些生氣。

開始下雨了。他對那個人的記憶還很清晰，也是在高中時期。

在某天放學時，他原先要衝去圖書館還書，卻被振哲拉住，去一間運動球鞋的專賣店。

振哲興奮地說：「欸，你幫我看一下。」

「不便宜耶。」他只好很配合地看著店裡陳列的鞋款。

「上次從我爸皮夾裡拿了五張，夠啦。」振哲表演矯捷身手的樣子，一臉得意。「標榜球星的就賣這麼貴。」

「Kobe嘛，這我還知道。」他拿起其中一雙球鞋端詳：「你要穿？」

「你什麼時候看過我打球？」振哲嘲笑似的拿著一雙綠色底黃色商標的球鞋，走去結帳。

他看著振哲細瘦的背影，同時想像那雙黃綠球鞋最後會落在哪裡。其實更讓他難以想像的是，他以為他已經非常了解振哲無所謂的性格，而這個想法卻該死的在此時動搖。

那個不知名的人，令他感到不安。

他更無法忘記，振哲選到滿意的鞋款之後，綻開的笑容，「厲害吧，我眼光不是蓋的。」

直到有天他經過籃球場，看到一位籃球社的學長在球場上奔馳。

他看見了，那雙鞋。沒有錯的。鞋子上方的線條發達小腿肌肉。再往上一看，他端詳球鞋主人的英俊外貌，身體鍛鍊得很結實。細看這人運球時，瞬間神情煥發，感覺得出非常有領導風範。是他無法觸及的。

那是他對這個男人記憶的所有，後來上大學後，只偶而聽過振哲談過幾次。自從他們變成室友後，也從沒看過振哲帶任何朋友回家。但是能讓振哲爆發這樣情緒的，也只有那個人有這樣的能耐。

「我都買了，吃吧。」他給了振哲早餐。

「謝啦。」振哲很快就恢復笑意，這使他不安。

「我昨天在吧裡認識一個女的，一看就知道很適合你。」他知道振哲顯然是要將話題扯開。

「你又知道了。」

振哲開始大笑：「我就是知道，她叫肚臍，想不想認識嘛。」

他有些煩躁地問：「怎麼會有女的？混進來啊。」

振哲對他一臉嫌棄：「認眞個屁，這吧也是有女的好不好？」

「她名字很奇怪。」他知道振哲知道他在生氣。

「正點就好了，管她奇不奇怪。你才奇怪咧，囉嗦得要命。」振哲推他一下，「怎樣，要不要去？」

「我想讀書，快要考試了。」他曾經拒絕許多次，但想到早上剛發生的事。

他偷偷觀察振哲的表情。

夜晚，雨剛停。他最後還是跟去了，但是沒有踏進去。他觀察店外華麗裝飾，閃耀著各式各樣的燈，裡面音樂非常大聲，像是要震破每個人的耳朵。他想著，這裡到底是什麼樣的地方？他進去了之後會更了解振哲是什麼樣的人嗎？不會的，他非常清楚，完全不會，就如同他無法理解他的爸爸。

他感覺到餓，過斑馬線，走去附近的「永和豆漿」店。夜晚的「永和豆漿」看起來像是城市裡的燈塔，尤其是在這個人煙稀少的春假，更有那樣的感覺。他不禁哼起「港都夜雨」，是爸爸的口袋歌單。

「今夜又是風雨微微，異鄉的都市。」

他爸爸的側臉變得如此清晰，好像真的站在他眼前。他爸爸喜歡閉著眼唱歌，而他總會直視爸爸高挺的鼻樑，和那因聲帶振動而上下移動的喉結。他覺得這些是一連串的魔術。

「路燈青青照著水滴，引阮心悲意。」

他突然感受到一些未曾覺知的事物，那是什麼樣的事物？他也說不上來。好像那個事物已放在旁邊許久，等著他發現。他努力地想要想出這種奇怪的幽微感受是什麼時，突然有人拍了他的肩。

「聽那什麼歌啊，怪人。」振哲從背後出現。雖然嘴裡酸他，卻靜靜聽著，示意他繼續唱。但是振哲一來，他反而不知怎麼唱了，抓不住原來的曲調，更深怕唱出某種涵意更濃的不知名的東西。

他趕緊亂找話題：「結束啦？」

「看到不該看的。」振哲拿過他點的冰豆漿，把最後一口吸完。

他腦海裡開始想像著振哲遇見那個人的畫面。他知道振哲不會在眾人面前喧嚣咒罵，一定是拉著那人在某個小角落，說出所有惡毒的話。

「你不唱喔？真不好玩，那我要回去睡覺。」

「這麼早。」他有些驚訝。

「你管老子？」振哲又笑了，那樣熟悉地藏住許多思緒的笑，令他糾結不已的，在這個夜晚裡看起來更增幾分淒涼的笑。

他知道，縱使振哲說出所有可能惡毒的話，又會暗自後悔。想到這裡，他感到悲傷。他認爲這樣宿命式的關係，也一直發生在自己身上。

振哲離開沒多久，該死的雨又開始下了。他壓不住心中那股莫名的混亂。他不想回住所看振哲那面無表情的樣子，那個他非常討厭的頹喪的模樣，更慘的是，這也會讓他想起爸爸。他的爸爸，曾經英俊挺拔，而後來卻在他面前擺出憔悴的可憐樣。

他走去學校裡的操場，一圈一圈地跑。他想著，那些事情都沒有過去，不會因爲裝作沒事情發生，就眞的沒事了。那個白衣男子還在，振哲還在，爸爸也在。

不知跑了幾圈，他的腿開始痠痛起來。他一屁股地坐在濕透的地上，全身濕透。手機在此時響起，是振哲。聲音聽起來不太尋常。

他不顧一切地往前衝，幾次差點打滑。推開門後，他看到振哲抱著肚子蜷曲在床上，表情痛苦。他趕緊背著他出去，叫了計程車。

司機邊開車，回頭看了他們幾眼，忍不住說：「要不是因為你朋友身體不舒服，不然我要你賠座椅的錢。」說完，往後丟了看起來不知擦過什麼的毛巾。

「抱歉。」他才發現他忘了換衣服。

在計程車上，他沒有對振哲說任何一句話，只是靜靜地看著窗外的夜色。雨一直下，車速快地模糊了景物，其實沒有什麼夜色可言。

「原來真的有剋星這種東西，對不對？」振哲忽然出了聲。

「有吧。」他心中浮現了幾個人：「我也有。」

「他這次真的跟我說再見了。」振哲皺著眉，不知是在忍耐身上的疼痛，還是心裡深處的。「應該要高興的？」

在這種時候，他又回想起當初振哲找他的那個晚上。

那是在大學一年級下學期的某個晚上，振哲打電話給他，問他有沒有抽到明年宿舍的床位。他說沒有。

「我能和你住嗎？快付不起房租了。」

他沒想到振哲需要與人合租，但真的要猜的話，還是非常簡單。因為那個鞋子的主人。

「不能再被老頭鎖卡了，他會逼我回去住。」

「我很常失眠。」

「不會吵到你的。」振哲露出開懷的笑容。

他答應了，雖然不知爲何選擇他當室友，但不管背後原因如何，他也不願再想。他心中從那時候又開始興奮起來，似乎延續高中那股好奇，他越知道振哲的另外一面，振哲就會生出更多面，而這些面向忽隱忽現，誘惑他，卻又讓他抓不住。他享受這神秘的層層面紗裡奇異的快感，但在這之中，他一直憶起那也非常神秘的，笑起來嘴角有著細紋的白衫男子。

他得知振哲因盲腸炎要開刀後，開始頭痛起來。後來不知道怎麼了，他好像回到了他的家。

他遲遲不敢打開那扇門，他知道門後有他懼怕的，某些事物。但是，那扇門卻自己打開了，裡面的家具擺設、裝潢都跟他記憶中的一樣。

他看到了。爸爸在客廳，叫著他：「小龍，小龍。」他有些膽怯，雙腳卻自己走了過去。他看到爸爸手上拿著一本相簿，裡面有很多我小時候的照片。

「你看，這是你三歲的時候去游泳池拍的。」爸爸指著他穿著泳裝的那張照片，但他盯著的是這張照片旁邊那張，裡頭站著兩個人，好像去某地遊玩。一個是爸爸，另一位就是那個白衫男子，只是在這裡面穿的是天空藍的短袖T恤。

「他是我很好，很好的朋友。」

他看了爸爸一眼，爸爸沒有回看他，繼續陷入回憶般地說：「我們是大學的時候認識的。」

「那他……好嗎？」他其實想問更多，那些從以前就一直苦惱他的問題，可是在這當下，他卻怎麼也問不出口。

「當然好啊，不然怎麼會是我的朋友？」爸爸開朗地笑了，笑到眼睛瞇起來，拍他的肩。

他卻覺得爸爸那樣的笑非常熟悉，那股想隱藏起來的悲傷。爸爸闔上相簿，看著他的眼睛許久。

「小龍，你是不是也覺得爸爸很奇怪？」爸爸盯著他看，希望他開口說出什麼。他在這個時候，無法講出任何一句話，還開始有些發抖。

「你不理爸爸，是不是因爲媽媽跟你說了什麼？」爸爸的臉越來越接近他，接近到快貼上去的程度，他可以很清楚地看到爸爸黑得發亮的眼睛，清楚地聽到爸爸呼吸聲。

他覺得他快不能呼吸了。

半夜雨聲很大，他發現自己躺在病床上。護士說他剛剛發燒，還好現在退了。

他下床去找振哲。找到那個蒼白的臉龐，細瘦的身軀躺著。

「開完刀啦。」他只擠出這一句話。

「廢話，不然我早掛了。」振哲面容毫無血色。

他安靜地坐在旁邊。雨不知何時會停。

「你常唱的那首歌叫什麼去了？」

「港都夜雨。」

「這是我們這個年紀在聽的嗎？」振哲坐了起來。

「管你老子？」他學振哲的口氣，使得振哲哈哈大笑。笑得太猖狂了，振哲開始喊痛。他也笑了。

振哲看著他，好像要說什麼事情。他知道，不是剛剛開玩笑的氣氛。

「其實你很像我爸。相處起來壓力很大，卻很難擺脫。」

他非常驚訝，好像從很久以前，振哲就已經聽見他的內心。他非常認眞地看著振哲，看進去振哲棕色的瞳眼裡，並在這之中看見了他自己的樣子。

「有時候，我也覺得你像我爸爸。」他慢慢地，吐出一串字，好像在腦海裡揣摩了很久，終於從口中滾了出來。

雨下得太大了，他幾乎都要懷疑是不是雨聲蓋過了他剛剛說的話。因爲振哲一直盯著他，卻毫無表情。

「龍，你不要總是這麼認眞。」振哲往常的頑皮笑容回來了，對著他綻放開來。

他牽動嘴角，想露出微笑。

「我爸要來了，不用擔心，回去睡吧。」

他起身，走到門前停了一下，出去後輕輕地把門帶上。

剛剛發生什麼事了？他發覺自己陷入某個深淵，掉下去的速度愈來愈快，卻沒有可以到達的地方。

似乎是聽到爸爸的歌聲，低低地，沉穩地，從遠遠的地方傳來他耳邊：

「青春男兒，不知自己，要行叨位去。」

「啊……漂流萬里，港都夜雨寂寞暝。」

拂曉

中文博三　劉兆恩

她想她是該起來了。

凌晨五點鐘的晚冬裡，寒流來襲，被衾尚暖，然而床頭櫃上那只鬧鐘畢竟嗶嗶作響。於是，她按停了鬧鐘，揉了揉乾澀的雙眼，沾粘在睫毛上的眼屎便隨之剝落，在指尖上粒粒分明。

惠美小心翼翼地跨過了她的丈夫。由於患了憂鬱症而習慣性失眠，她的丈夫每晚都必須爲了尋回睡眠本能而奮戰。然而，結果往往是，最後終於還是與西藥妥協，安安份份地吃了半錠史蒂諾絲，接著打開電視臥在床上等待強求的睡意襲罩身心。

即便吃過了助眠劑，她還是惟恐驚醒他。

那薄如蟬翼的睡眠一旦撕破，又該如何縫補回去？於是她日日只能小心翼翼地找到遙控器把那轉至靜音的電視關掉，小心翼翼地把她那曾生育過一個孩子的豐腴下身塞進了慣穿的牛仔褲裡頭，再小心翼翼地打開房門，離開，將門帶上。

通常在這種時候，惠美便會想起當她在電話中告訴惠英大姊說打算像她一樣，批些蜜餞糖餅到菜市場上擺攤時，惠英大姊不可置信的模樣。

「這款武市，妳怎麼做得來？」，大姊在電話中的聲音，是有些過於尖銳了。尖銳的嗓音混雜著收訊不太良的茲茲雜訊，在她的耳膜上劃出了一道道刮痕，讓她突然有種被冒犯了的感覺。

她本來就是家裡最聰明的小孩。她以為她除了非法的和重勞力的工作外，什麼都可以做得來，例如她從小就是幾個兄弟姊妹中褙銀紙褙得最快、最好的，而高職畢業之後，她也曾經陸續在幾家工廠裡當過會計或各種行政雜務。就算結婚後辭掉工作專心家管，她也還是會偶爾兼差做些裁縫，或是替天九牌上色等等家庭代工，諸如此類的工作從未難倒她過。

不過，等到她真的聽懂了惠英大姊話中的意思時，她人已經站在人聲鼎沸的菜市場，一邊緩慢揮舞著印著立委候選人圖案的塑膠葵扇驅趕蒼蠅，一邊隱隱作痛於發炎的膏肓部位，她不由得背過另外一隻手到背上拉了拉貼了幾天的酸痛藥布。

「有加藥，才有療效。」，惠美突然想起了這句廣告詞，只是她真是不知道那她到底應該加些什麼藥，才能夠治得好生活。

車燈轉過一片黑暗寂靜的產業道路，將前方的柏油路與道路兩側的行道樹掃過一遍。整條路上除了惠美再沒有任何人車，唯一還有著光亮的是兩旁的魚塭鐵皮寮上的日光燈，照明著那運轉著的電動水車。陰暗中，池子裡正翻出陣陣的水花。

惠美這樣一個中年婦人，每個禮拜都得趕在太陽昇起之前，開著廂型車沿著產業道路往前直奔。她斜眼看了看儀表板上的電子式數字時鐘：六點三十二分。

「時間有些拖晚了。」她想。

她禁不住計算了一下，從沙崙頂仔這裡，還得再穿過一個濱海的小鎮才可以轉往市區，這就大概需要花上半個小時。進了市區之後，雖然還可以閃過上班人潮，但一路上大大小小路口上的青紅燈也會耽擱一些時間。更不用說，到了市場後她還得卸貨、裝組貨架，再將車上的蜜餞、糖果依性質分類鋪排妥當，這才能正式上工。如果這樣算起來的話，那今天似乎會遲到一些些了。

清晨的空氣是那樣地冷。她深深地吸了一口氣，滿車子酸酸甜甜的味道就沁入她的鼻息。

「怎麼會搞到連妳也要出來跑市仔？」惠美聽見了惠英大姊在電話中的不解，然而這樣的問題她又怎麼說得出解答？惠美確實是被生活壓得喘不過氣來，且始終搞不清楚究竟她是不是在哪個環節作錯了，才會搞到今天這個境地。惠英大姊不等她回話，只是一個勁兒地接著問下去：「你們銘仔最近訂單不夠飽？照說你們現在兩個人在開銷上應該……」惠英像是察覺自己說錯了什麼，連忙噤聲不語。惠美在電話這一頭緊緊地抿住了雙唇，耳邊除了話筒細細的沙沙聲之外，彷彿也可以聽見自己呼吸與心臟搏跳的聲響。

產業道路要直直開到盡頭，才會撞到一支青紅燈。過了青紅燈之後左轉，才能接到貫通小鎮的主要道路。清晨時分，這支青紅燈只會閃黃燈，在四下仍暗的產業道路上明滅不已。惠美輕踩煞車，謹慎地看了一下橫向道路兩側，才緩緩向左轉去。即便是像現在這樣路上無車無人，而且還急著想趕往市場，惠美也從來不敢大意。她想起過去好幾次載著自己的女兒趕上學，每次遇到這種情況，總是被女兒罵孬。通常在那種時候，她就會機會教育一下女兒，說妳怎麼這樣說呢，媽媽從小不是告訴妳馬路如虎口嗎，妳怎麼總是沒有聽進去呢？

惠美想破頭也想不出個所以然，爲什麼一輩子小心翼翼，可是女兒卻一點也不像自己。那天晚上在家裡接到通知趕到醫院時，醫生已經宣告確定不治，她站在停屍間門口站了很久，遲遲沒有進去確認。一旁一個年輕警察連忙過來拍了拍她的肩膀，說太太妳別太難過了，俗話說人死不能復生，她在車禍現場的時候整個頭顱就已經破得亂七八糟了，醫生再怎麼厲害也沒法救啊。惠美沒有搭理那個警察，只是安靜地回頭看了看她的老公俊銘。只見一個精壯而微微有點肚子的中年男子，萎頓地半跌坐在醫院候診區水藍色的長排座椅上，震得椅子晃動著發出塑膠延展的霹啪聲。從此之後，她的老公就失去了睡眠的能力。

同樣的醫院同樣的椅子。

她不安地端坐在候診的人群當中，等著她的老公從身心科的診間踱出來。她已經陪他來複診好幾次了，俊銘剛開始出現連續失眠的症狀時，她就陪著來做過幾次健康檢查，可是卻看不出身體有什麼異狀。來來回回弄過幾次，當惠美提議俊銘去看身心科時，他還氣到隨手抓起電視遙控器就往地上砸，大罵不然妳現在是什麼意思，妳是當汝爸起肖了是不是？然而再怎麼硬朗的身體，也抵擋不住長期的失眠，到最後還是惠美說要去醫院看感冒，俊銘才順便跟著去身心科看看。當俊銘拉開診間的門時，銀白色的日光燈正好照在他的頭頂上。惠美看著俊銘短而硬挺的頭髮在燈光的照耀下更加顯白，惠美這才第二次意識到原來他們真的老了。

那麼第一次是什麼時候呢？

惠美想起那是有一次機器出了一點問題，把原本應該是圓形的螺絲頭打成不規則狀。那些不良品混雜在良品之中，俊銘沒有發現，卻被對方的品管逮個正著，整批貨十五桶螺絲退回俊銘的工廠。沒有辦法，惠美只好想辦法一根一根地挑出來。當她挑完半水桶的不良品，正要提去裝著集中廢鐵的鐵桶回收時，突然肩膀「啵」地一聲，手就舉不起來了。她記得那天俊銘趕貨沒空帶她去看國術館，陪她去給整復師喬的還是她的女兒。她的女兒笑著虧她真的是老了，才提半桶螺絲就傷成這樣，惠美則回嘴說媽媽以前就是「文身」、是「讀冊底」的，本來就不擅長這種要倚靠勞力的工作，要不是嫁給你爸我也不用這樣。

雖然嘴上這麼說，然而惠美心底卻是眞切地發現自己正在老去。她忍不住看著自己手背上縱橫交錯的紋路，捏起來鬆鬆垮垮的。

「媽媽，那妳會後悔嗎？」惠美冷不防聽到她的女兒這樣問。

「後悔什麼？爲什麼這麼問？」惠美驚訝地看著她的女兒。

「沒有啊，就想說妳那麼會讀書，會不會後悔嫁給爸，跟著他做黑手？」

不知道是哪裡來的衝動，惠美強忍著肩膀上的痛楚，硬是把手掌舉起來放在女兒的頭上：「不會，因爲媽媽愛妳，也愛妳爸。」

這句話一說出口，連惠美自己也覺得有些不可思議。畢竟，結了婚之後，就好像不曾再將「愛」這個字眼放在嘴邊了。不知道是不是覺得惠美給了一個出乎意料的答案，她的女兒低著頭一句話也沒回答，只是從包包裡掏出手機自顧自地滑了起來。

如今回想起這件事，惠美反倒有點慶幸那時難得地衝動了。不然，女兒豈不是一輩子都不曾聽過父母親對自己說過一聲愛？

俊銘拍了拍惠美的肩膀，惠美這才回過神來。你還好嗎，醫生還有沒有說什麼？明明知道俊銘患的是心理性的疾病，身體上並沒有什麼大礙，惠美還是下意識地站了起來，扶著俊銘往自己的椅子上坐下，要他好好休息。惠美自己則拿著俊銘的健保卡到領藥處排隊。

「醫生有說，這個藥吃得好嗎？」在回程的路上，惠美看著紙袋裡的白色藥碇，忍不住問。

「醫生只說，盡量靠自己睡著，眞的沒辦法了再吃藥。」俊銘望著前方，雙手則緊握著方向盤，並不想多談的樣子。只是他沉吟了幾個路口之後，又忍不住開口：「先別管那個了，派訂單的彼個今天打電話來說，接下來至少半年都不會有什麼單子了。」俊銘轉過頭來看了惠美一眼：「沒法度，現在全世界景氣都不好。」

「沒關係啦！」惠美憐憫般看著自己的丈夫：「就當作是暫時放個長假休養也好，反正我們兩個花用也省……」

「全世界都來跟我作對了是不是？」俊銘沒來由地暴怒起來，狠狠搥了方向盤上的喇叭一拳，車子旋即發出刺耳的警示聲響，右側停紅燈的摩托車騎士紛紛轉過頭來看，有幾個騎士還以爲發生什麼事故，嚇得往路邊閃去。「把我女兒帶走，現在連工作也不給我了是不？」俊銘突然地大叫，嚇得惠美瑟縮在車門邊，不知該如何是好。

但這已經不是俊銘第一次這樣了。身心科的醫生早就已經提醒過她，憂鬱症的患者除了失眠之外，也可能會出現易怒、躁動、食慾不振、產生自責與罪惡感的情緒，甚至偶爾也會有自殺的念頭。惠美整日提心吊膽地和她的丈夫相處，像是一個被強迫行走在地雷區的步兵，心驚膽戰地跨步，卻望不見地雷在哪裡。她無助地向前看去，卻看不到這樣的生活要走到哪裡才算有個盡頭。

於是她開始賣起了蜜餞。

一開始的幾個攤位點都是惠英大姊分撥給她的，但那寥寥幾個並不足以轉移她生活的重心，還好做了一段時間之後，惠美也逐漸累積出自己的人脈，就這麼東介紹、西牽引的，惠美也拓展了幾個自己的攤位。這些攤位有些是早市，有些則是在黃昏市場；有些在鄰近的小鄉村，有些則在隔壁縣市的大菜市場。像今天早上去的那個市場，就是在本鎮黃昏市場做生意的時候，隔壁攤賣炸蔬菜的許太太幫忙介紹來的。

俊銘的工廠依舊沒有來訂單。他整天只是搞搞家門口那幾個金桔盆栽，把它們種得嫩綠，這兩天又突然心血來潮，叫惠美收攤後去花市幫他買幾盆蘭花。惠美擔心太嬌貴的蘭花萬一俊銘種死了，怕是又要爆炸，於是她隨手選了比較好照顧的嘉德麗雅蘭回家應付交差。那天下午，當她提著兩盆蘭花回來時，俊銘正蹲在金桔旁邊除草。她將蘭花放在俊銘旁邊，俊銘才發現惠美站在自己身後。他抬起頭來向惠美說了聲謝謝，惠美卻覺得這段時間俊銘老得好快。他的白髮、爬著皺紋的額頭與些微垂下的雙頰，無一不在顯露一個男人的衰弱。

惠美竟一時感到有些快慰。現在，她才是整個家的經濟支柱，再怎麼樣眼前這個患者、這個丈夫也要讓自己三分。雖然開始跑菜市場之後，她就經常整天不在家，搞得俊銘也要開始學煮一些簡單的菜好打理自己的三餐，但是現在惠美才是賺錢的人，失業在家讓別人養的人又有資格抱怨什麼呢？

「不行不行，怎麼能這樣想呢？」惠美頓時對自己的念頭感到歉仄。雖然俊銘根本無從察覺自己在想些什麼，更沒有表示過什麼意見，但是畢竟自己是有了不好的念頭。

「今晚我們就去外面吃餐廳吧！」她連忙拉起俊銘說。

俊銘狐疑地看著惠美：「妳不是才剛從外面回來嗎？」他拍了拍大腿上的粉塵：「這樣跑來跑去，不累？」

「就今天生意還不錯。」惠美彎下腰去幫俊銘拔掉一根黏在褲管上的鬼針草：「我們也好幾十年沒有約會了呢！」

俊銘有些開心，他親密地撫摸著惠美的背，卻摸到了一塊像是酸痛藥布的東西：「你這裡是怎麼了？」

「沒什麼，就是貨物搬上搬下的有些發炎。」惠美轉了轉脖子：「應該不是什麼大問題。」

「對不起，我什麼都沒發現，明明我就睡在你旁邊……」俊銘不好意思地說：「每次我一吃完藥就什麼都不知道了。」

「這眞的沒什麼，過兩天就好了。」惠美笑著說。

過兩天就好了。

惠美開著載滿蜜餞的廂型車疾駛在貫穿小鎮的幹道上，剛好經過女兒出事的那個路口。回想起女兒剛出車禍過世那幾天，就好像是做了一場夢一般。她還記得那天她和丈夫回到女兒出事的地方，地板上還有一些車玻璃的碎片還沒有掃掉。警察一邊指著路口，一邊向他們說明死者是因爲在路口停紅燈的時候，遭到後面開跑車的年輕人追撞。因爲當時天色昏暗、對方酒駕車速又飆得很快，因此根本就沒有看見前面還有停紅燈的摩托車騎士。警察用手上的原子筆對空畫了畫車道說你看，路上完全沒有煞車的痕跡，死者整個人被撞飛到中央分隔島，連安全帽都被砸破，可以想像當時撞擊的力道有多大。「你們這件事情，現在新聞報很大呢！」警察補充道。

她當然知道。在每一個電視台的新聞畫面裡，她都可以看見自己哭得歇斯底里的模樣：披頭散髮、四肢無力且還有豬肝紅的臉色。她看見她嘶啞的聲音咒罵那個撞死別人自己卻只有輕傷的年輕人，她哭喊著死的爲什麼不是自己。那個鏡頭被反覆剪輯、穿插進相關新聞當中，只是討論的話題卻早就不是她的女兒，而是那個加害者被捕後的囂張行徑以及他的花邊新聞。很快地，惠美就發現從一開始就沒有人記得、也沒有人在意她的女兒叫什麼名字。

但是媽媽記得，媽媽愛妳。到如今事情已經過了好幾年，每次惠美想起自己的女兒，她還是會不自主地喃喃唸著，就好像她的女兒在身邊一樣。

當惠美開進市區的時候，冬日的朝陽逐漸從兩旁林立的建築物後面昇了起來。

看樣子今天也會是一個好天氣。

惠美看著陽光透過擋風玻璃暖暖地灑在自己身上，突然感受到一種前所未有的舒爽將她包圍起來，就像是一個深深的擁抱一樣。

夜情

法文一 王孝茼

在那個夜晚之後又過了多少年呢。

來到法國工作的第三年，有一天下班因為肚子不很餓，而且晚餐時間一旦過了，法國的餐館和地鐵不會開。我走了半個多小時吧，去了波爾多當地一間常光顧的酒吧喝酒。我喜歡坐在吧檯，喝著美味的梅洛紅葡萄酒，搭配羊乳酪和烤酪梨。突然間酒吧的樂團唱起了披頭四的 Yesterday。我想起 Horiko。握著酒杯的手擱淺在半空中。很久。

樂團又奏起木匠兄妹的 Close to you。旋律之中，我回過神。

「抱歉，能給我紙和筆嗎?」我站起身來，禮貌性地詢問酒保。他點點頭，遞上鋼筆和白紙。「我想要杏仁酒。」我又說，放了兩歐元在桌上。於是我就這麼寫著吧，我孤獨想著，開始提起筆，赤裸在眼前的空白的紙。我們做愛；或不做愛。

＊

Horiko 擺弄著食物，煎檸檬鮭魚和咖哩飯，以及凌亂鋪蓋醬料的沙拉。我們坐在靠著一片落地窗的簡餐廳內，用餐時段已過但店內卻仍然熱絡，門開了關關又了開，無法掩蓋住 Horiko 輕柔慢沉的呼氣聲。正值十一月的初冬，外頭景色是灰暗的陰晴，大概也還飄著雨吧。我瞧著 Horiko 身穿的奶油白針織毛呢上衣，頸部與鎖骨肌膚完美地被衣料割開，曝光，在我眼裡。Horiko 舀起一口飯塡入嘴中，我拎起冷掉的黑咖啡嚥了一口苦味下去，試圖攪和我臉上思緒的痕跡。

我告訴她這咖啡眞的非常難喝。她說她也不喜歡這裡的食物。「好可惜噢，一開始進來的時候還很期待網路上的評價會是怎麼樣呢。」她略帶惋惜說道，我動搖了一下；出於尷尬還是出於愧疚？這家咖啡廳是我選的，原因是學校的熱鬧地區稍遠，如此我下了課才能稀鬆平常地走路過來；她也一樣。

「眞是抱歉，我不知道，隨便聽別人推薦來的。」我語帶歉意解釋道，眼神落在了她停放在桌邊的手。白皙的皮膚，上方一支孤獨的吊燈照亮下看起來閃閃發亮。

「對了，我還想再吃一個甜點。」Horiko 說，自顧自拿起了菜單。我收起欲吐出的話語，即刻改口：「好啊，想吃什麼？」

她沒答話。我又喝了口該死的冷咖啡。眞要命，心想。服務生面無表情走過來詢問我是否可以幫忙收拾餐盤，同時記下了Horiko的甜點。「收吧。」我回以微笑。

「爲什麼要送我山茶花？」Horiko問，用一個彷彿是再平常不過話題的語氣。她的雙手漂亮交疊在一起，靜靜注目我；我瞪著桌面上的潔白玉石。

「從家裡出發經過花店的時候剛好看見老闆擺了一束束出來。我看今年開得特別漂亮，挺值得送人呀。」

Horiko的眼睛低落到她的手上。我喝完咖啡，不自在拉了拉領帶。門開了又關關了又開，雨沒停，煮好咖啡的香氣徘徊在整間咖啡廳，與其他客人荒謬的交談聲，但我與Horiko之間的空氣，是淡淡並且清晰的沉默。

出來赴約的時候，我的確是繞到花店買了一束用玫瑰金點綴的彩帶包裝的山茶花。那時候我在花裡想了很久，玫瑰花、百合花、水仙、滿天星；我回想我送這些花的女人們的模樣。最後決定那就是白色山茶了。而買花是我的習慣；我會買花給女人，不過是什麼樣的花總是讓我費心思考。我觀察女人，必須想像這樣性情的女人適合在約會收到哪一種可以配得上她的花。當然我也有遇過不怎麼喜歡或收花的女人。有些女人會無情拒絕你的花束，有些女人會委婉向你解釋其實自己並不喜歡鮮花。Horiko 卻保留了表情，當我遞上那漂亮的花束。她一點表露都沒有。我失望了一下，「喜歡嗎？」我刻意問，她小聲地說了「謝謝。」

甜點送上來了，瓷盤上是一個小杯子裝著精緻的草莓舒芙蕾。Horiko 一面切開舒芙蕾一面問我：「對了，你知道費茲傑羅的《大亨小傳》嗎？我非常喜歡這本書噢。」她歪著頭，頭髮像黑絲絨瀑布垂落。

「知道呀！」我笑了出來，「那好像還是我大學年代必讀的英文作品吧。不錯。」

「大學時期嗎？」

「嗯，幾乎都是一個人在酒吧一邊喝酒一邊讀完的。那眞是好書呢，相近的年代還有《尤利西斯》和《憤怒的葡萄》，雖然之後都有拍成電影，但乏味無聊而且又缺乏原著的精髓。都是一些想賺錢又不懂藝術的無聊傢伙拍出來的商業品。」

Horiko 吃著舒芙蕾，握著小湯匙的手擱淺在半空中。

「那個，你覺得黛西是個怎麼樣的女主角呢？」

「你問我?」我驚訝得笑起來。「怎麼?妳有課堂報告要寫嗎?」

簡直不可思議地，Horiko 搖搖頭，而那神情眞是美得我無法形容;感覺跟角落裡下過雨後被淋濕的花一樣，她是微笑著的，但只是看見笑意又感受到了莫名空虛;Horiko 臉上更多的情緒是藏在她握著小湯匙的手。

「或許說，是在資本主義下的女展產物吧。被迫在社會框架下被定義的女性。很多讀者會輕易視她爲一個輕佻輕浮的女子，不過事實上黛西年輕的時候也是個嚮往自由戀愛的女子，所以——」

「我喜歡黛西。」Horiko 打斷我，幾乎吐氣般呢喃這幾個字。

「啊!嗯，費茲傑羅將她的矛盾寫得非常好。」

「好像眞的能看見船屋的綠光。」Horiko 又說，不知怎麼她的語氣又轉回了先前開朗輕快的語調。「我喜歡黛西不是因爲什麼同情她的命運噢，而是以一個同樣作爲女人的心情了解黛西的心情而已。你知道，就像《達洛威夫人》裡的克拉莉莎一樣，不知道該怎麼說我好喜歡她們的原因，但我猜是因爲我也看見了她們都曾經痛苦吧。雖然痛苦但是無法說出來，只能假裝自己是一個正常的女人在這個冰冷的世界裡生存下去。」

然後她停止說話。

「呃，黛西和克拉麗莎是不同的象徵啊；其實達洛威是很典型的意識流小說——」

「我也喜歡看艾蜜莉・狄金生的詩。」Horiko 又接著突然說。「嗯，其實也沒有都看過啦，可是看過的那幾首都寫得非常棒噢。英文眞的很特別呢，才用一些單字就能拼湊成意義那麼深遠的句子。所以我的英文也是非常的好噢。」

「這樣。」

Horiko 推開面前的盤子，右手改起撥弄著耳際的幾絲頭髮。她不再繼續說下去，或者是沒有打算繼續說的意思，眼睛已經移到了落地窗外下著雨的世界。

＊

我記得，從餐廳離開後的路上 Horiko 曾對著我說道：「感覺自己好像無法與正常的女孩子們相處，雖然一樣每天一起上課，但那種感覺就是特別不對呢。總覺得自己無論如何就是無法和其他人產生牽絆，即便我眞的很努力噢。但是心裡的感受是空白的，我想大概是因爲我就是一個不正常的女孩子吧。可是這樣，好寂寞哦。常常會想爲什麼我不能跟其他人連結在一起呢？」

我與她並肩走在街上，冷冷的風刺骨得讓我的腿一直發抖。Horiko 將灰白色羽絨大衣緊緊裹住身子，風把髮絲吹得漫散，步伐卻是一下子緩慢一下子又想到什麼似的加快。要跟她的肩膀維持水平線，我得很用力地配合著那個不規律的節奏。像極了蘋果和香蕉的氣味，不，可能也有葡萄和橘子吧？我一直聞到一陣果香，從 Horiko 身上傳來。我知道有些品牌的香水是喜歡採用果香的味道，我向來對女人擦的香水敏感。妳擦哪個牌子的香水？我忍不住好奇詢問。

或許 Horiko 沒有聽見，總之她沒有回答。她走在前面，街燈的光罩著背影，朦朧之中我看不清楚，聽不見，只有 Horiko 嬌小微弱的身子漫無目的般筆直前進。我隔著光，想要大聲呼喊她的名字。

＊

我帶 Horiko 進入我住的公寓。這不是我第一次帶女孩子回家，但我怕 Horiko 感到緊張或是想要退卻，一直想把氣氛調整得輕鬆平常。我擺好室內拖鞋，請她進來，一個完全只剩我倆的小空間。Horiko 小心翼翼地摘下紫紅圖騰的毛線帽，我說不要客氣，平常就只有我一個人，就別介意吧。她有些生澀地點頭，我說我去廚房裡弄點酒來喝吧。

沒說話，只在有些破舊的沙發上坐下。

冰箱裡有罐裝啤酒，冰涼得很透澈。有些年輕女孩是喝得慣啤酒的，但我靠在廚房的流理台上想了一下，不如弄個調酒吧。這幾年在酒吧喝酒，找女孩子睡覺，也慢慢熟悉了幾種溫性調酒是非常適合女孩子暖暖身的。我簡單弄了柯夢波丹。**Horiko** 站在玻璃櫥櫃前，動也不動。

「你太太好漂亮。」她轉頭看著我說。我將調酒遞給她，自己開啓瓶罐飲了一大口。「都是陳年往事了。」我拉著她的肩膀轉過身來。「這是什麼？」

「算是加了果汁的伏特加。」我笑著說，「但是果汁的比例偏高啦。」

Horiko 捧著高腳杯小心翼翼啜飲。我們面對面站著喝酒，在時鐘的滴答聲下。「你很痛苦嗎？」她突然問我，聲如細蚊，「你太太現在在哪裡呢？」我握緊啤酒罐，注視著她。要命，我想，爲什麼她的眼神非得要這麼該死的認眞。「死了。」我最後說，忍無可忍——甚至強烈得讓我喉嚨發熱，輕蔑得笑起來，嘴角裂開，瘋子般狂虐說道：「這就是妳來旁聽我的課的原因吧。明明不是哲學系的學生，想要得到什麼啓發嗎？關於什麼無法與正常人相處這件事？妳以爲妳年輕，知道得多，其實更多時候只是一種年輕的愚蠢，什麼跟人連結的問題，通通都是鬼扯。」

Horiko 似乎被我的話嚇了一跳，但她的眼神沒有退縮。小小的身子照樣站在那裡。沉默的還是沉默。

「你不明白，」她說，垂著眼神，「因爲痛苦的事情永遠都只有自己才知道。每個人都會遇見一個傷害自己的人，你知道嗎？我現在相信著一句話，『在某些情況下，一個人存在本身就是要傷害另一個人』這很眞實噢，是我很喜歡的作家說的。如果……如果跟別人的連結只能一直都是被傷害與傷害的話，其實只要想這個簡單的道理就可以了吧。孤獨是難以去排除的，所以……」

我嘆口氣。丟下啤酒瓶，在 **Horiko** 打算傾吐全部的憂傷以前上前將她緊緊抱入懷裡。她嚇到了，但沒有試圖掙脫或是掙扎。「傻子，是誰會讓妳這麼想呢，」我在她耳邊疼惜說著，「嘿，聽著，我很抱歉好嗎？就像妳說的，每一個人都遇見傷害自己的人。沒事……」她開始啜泣，肩膀抖得厲害，「妳知道史蒂芬・霍金嗎？他說只要有生命，就會有希望。你聽過那場演講嗎？」

「是我曾經很愛的人，可是他已經不在了。」**Horiko** 哭著說，我可以感覺到胸口的衣服濕濕熱熱的。「不在這個世界上了，這種感覺你可以理解嗎？」

「可以。」最後一秒，我自己彷彿也被無力的留在了悲傷裡。景色逐漸分崩離析，像是我們的憂傷墮落到了存在渾沌空間裡。

這一切的發生有意義嗎？我們迎接或接受生命中的摯愛離去，我們沉浸在崩潰的邊緣，但我們沒有遺忘試圖從某些人身上找回摯愛的影子。我在幾個月前我的一堂課裡遇見 Horiko，她穿著奶油黃的格子襯衫，梳了個好看的公主頭。我看見她第一眼立刻就知道她並非我們系上的學生。並不是長得特別漂亮，也不會給人什麼特殊的印象。但她是美的，她低頭抄寫筆記的模樣，我記憶她死去前的模樣。

我稍微放開看著 Horiko，雙手按住她的雙臂。Horiko 她緊閉雙眼，淚痕在臉上，長髮優雅垂落。那麼便這樣吧，我腦袋混亂的想著。赤裸的空白頁紙上，我們做愛；或不做愛。

我很小心的拉著她細柔的手來到臥房。寂靜的房內多了我不熟悉的呼息聲，我不驚訝，也沒有絲毫情緒的浮動。手中握著的手很溫暖，我直接拉 Horiko 擁入懷中，低頭輕吻她的雙唇。

什麼都別說。什麼都別說吧。

Horiko 的淚水越來越劇烈，濕透了上衣，我沒放手，耐心聞著她身上的味道。我們彼此擁抱，很久。「還難過嗎？」我悄聲問，她點點頭。「對不起。」我空白地說道，一雙手抱著溫熱的身體，想安撫她。我將房間燈關掉，慢慢為她褪去衣服，然後扶她在床上躺下。她並沒有馬上睡著，雖然還是嗚嗚咽咽在哭泣，雖然還是沒有張開眼睛，但手指在黑暗中驚恐的想要抓著我。我也溫和的抓穩她，褪去自己的衣服，然後在床上，我們互相擁抱，親吻，聽見打在屋簷上的下雨的聲音。在這樣的冬夜裡，赤裸的我們並不覺得寒冷。「就這樣抱著我，可以嗎？」Horiko 氣息微弱靠著我的胸膛問。「當然可以啊！」我說。

我親吻她的肌膚，很仔細地追著她身體的輪廓摸索。我們數次親吻，始終沒放手，直到我氣息貪婪的深入她的頭髮想聞她清淡果香的味道，Horiko 才將雙手緊緊壓住我的頭。我沒辦法，一路沿下去到她的乳房上，小心翼翼吻著。我用雙手捧起 Horiko 潔白如雪的乳房，Horiko 微微皺起眉頭，眞的很美，我呆滯了幾分鐘吧，那樣看著 Horiko 的胴體，並不是和我睡過覺那些女人一樣的身體。無論我怎麼愛撫都是聖潔觸感，伸手抱住她的腰，Horiko 緊緊靠著我，我聆聽她呼吸的起伏，沒來由的眞實感在心坎裡鼓動。Horiko 的淚水就像文藝電影最純淨的聖水一樣湧出，我輕輕用手指抹去那行淚，再吻了吻她的前額。Horiko 的悲傷才稍稍平靜下來。最後要進入 Horiko 的身體時她驚嚇得倒抽了口氣，眉毛糾結在一起，我明白很痛；但我無法停下來，因為可以感覺到她體內的濕潤正迫切地需要著我。請妳忍耐，我難受地想著，把身體推到最裡面之後就不動了，只有靜靜抱著她。Horiko 輕聲喘息，到高潮的時候也有輕喊出來，但是，那我是聽過最哀戚的宣洩了。

我也需要她。

在這樣的冬夜裡，赤裸的我們並不覺得寒冷。

我寫下最後一行字，把最後的杏仁酒喝盡。這也是十年多前的事情了吧，我不懂自己竟然可以回想得如此清晰。我與 Horiko 之後不知道因爲怎麼樣的原因再也沒有交集。某一年期末考前的暑假，我從學生那裡聽說了她休學的事情。我大吃一驚。「說不定是出國進修啊。」某一個學生半開玩笑說道。

我辭去了原本大學的任職，花了幾年學習了法文和德文，然後也成功獲得一間法國公立大學的聘用。我孤身前往波爾多，不再打算回國。而待在法國的這幾年，Horiko 的事情，那一夜的事情，越來越少再回想起來了。Horiko，我哀傷想著，妳會在哪裡呢?

對了，我還是忘了問 Horiko 究竟喜不喜歡山茶花。

開到荼蘼

公行二　袁潤秋

荼蘼不爭春，寂寞開最晚。

——蘇軾

清明時節雨

沒有牧童，沒有酒家，也了無行人蹤跡的一個清明，唯一與詩句能對應的就是天上依然灑著綿綿的雨絲，我伸出五指，衡量不出雨的重量，卻能感覺到纏繞在髮絲上的一縷清明獨有的憂愁。這是我從未踏足過的一個地方，可依然能感覺到熟悉的味道。早春的土地，長滿青苔的石板路，小橋流水下的浣衣女，悠悠蕩蕩的烏篷船，還有似乎每一幅水墨畫中都會出現的遠山含黛，樓台千疊，種種種種，都告訴著我這是一個江南水鄉。

這個地方不大出名，有點隱於市的味道，翻過幾座山，就是熱鬧的都市，洋人、馬車，絡繹不絕的商旅操著各個地方的口音做著如何把錢變多的遊戲，花枝招展的婦人聊起家長裡短，又是幾個令人唏噓的故事。也許正因爲如此，世人才忘記了這個小鎮，它也就像這裡清澈的河水一樣，不緊不慢地度過陽光正好的日子和陰雨綿綿的歲月。時間，好像都變慢了許多。

思維行走得永遠比腳步快，想得太多，不知不覺間我已經走到了一個庭院門口。看得出來，這是個風光過的人家，門口的石獅子好像還在提醒世人曾經輝煌的歲月。可是門口鏽跡斑斑的銅環和掉落了朱漆的飛簷卻毫不留情地告訴我，這戶人家已經破落多時了。

砰砰砰——

我用手拉起銅環敲了敲，沉悶的回響頓時在周圍彌漫開來，打破了這一汪平靜。

很快，裡面就傳來了窸窣的腳步聲，輕重合宜，不急不慢，看來這來開門的人一定擁有很好的家教。吱呀——門開了。

這是一個年逾四十的婦人，頭髮花白，妝容精緻，歲月似乎特別厚待於她，不曾在她臉上留下太多的痕跡。她穿著一身水藍色旗袍，手上是一個純銀鐲子，頭髮一絲不茍地挽在腦後，眼睛雖顯疲憊，卻依然顯得明亮，身後是一把淡紫色的油紙傘，充滿著靜謐的氣氛。「姑娘，你找誰？」她緩緩吐出這幾個字。我拿出名帖，說道：「我是北平報社的記者樸桃，來找民國至今保存完好的古鎮，做個系列採訪，我對你們這個鎮很感興趣，就想來問問這裡的居民。」聽罷，她笑了一下，說：「原來是這樣，你一個小姑娘出門也不多幾個人，進來坐吧。」她把油紙傘撐在了我的頭上，說：「這清明的雨，看似沒有多大的量，其實淋著了也容易生病，你這個不愛打傘的習慣，倒還和我的丈夫挺像的。」說到這裡，她便噤聲了，轉頭對我一笑，「請進來吧。」就這一笑，雖年歲已大卻風韻猶存，可以想像她年輕時定是個絕代佳人。

「好，我這就進來。」

山花爛漫時

穿過庭院裡的兩個大水缸，她朝著水缸裡的水照了照鏡子，再往前走幾步就是前廳了，這是一個四合院式的住家，本應該是大戶人家居住的，可是後院的房子卻似乎空空蕩蕩的，我感到有些疑惑。「請問，怎麼稱呼比較好呢？」

「你就叫我鳶尾吧。」

「鳶尾?那個美麗雍容的花?」

「不錯，我的丈夫他們那，不是這個江南小鎮，是另外一個與世隔絕的地方。在雲南，都喜歡用花名當做一個人的名字，我以前不叫這個名字，是嫁給他之後才改的。」說到她的丈夫，鳶尾的臉上出現了年輕人才有的紅暈，眼睛裡的疲憊也變成了柔情。

「那麼，你們爲什麼會來到這個鎭子的呢?」

她的眼睛像蒙上了一層幕布一樣霧濛濛的，「那是一個很久以前的故事了。」她慢慢踱步到了窗邊，看著幾日來不斷絕的雨簾，陷入了回憶的思緒……

「我以前不叫鳶尾。我姓江，叫旖旎，風光旖旎的旖旎。我們江家，是蘇州當地的大戶人家，經營著一家綢緞莊和許多紡織廠，當年聞名天下的蘇繡，大多出於江家先祖的手中。到了我父親這一輩，已是民國初年，雖然大多企業都開始與洋人合併，但是父親是鐵骨錚錚的人，而且我們家的繡工是祖傳的手藝，即使自己經營，也不會差到哪去。雖然效益大不如從前了，靠著老字號的名聲，看起來倒也還是有模有樣的。我從小就在家裡長大，先生是外頭請來教我的，認識幾個字，會寫自己的名字也就是了，多的心思還是在刺繡上。直到有一天，我看到了他，那個改變我一生命運的人，木槿。他是父親外出經商時，從雲南帶回來的。據父親描述，那時候雲南一帶鬧飢荒，很多人都妻離子散，家破人亡。他看這個後生眉清目秀，眼中露出幾分堅韌，剛好家裡缺個幹粗活的長工，便讓他跟著回來了。我永遠不會忘記他那雙像星星一樣的眼睛，深邃的瞳仁，講不出的神秘感。還有他見我第一天時所說的話。他說，旖旎小姐，你知道木槿是種花嗎？我自幼在家裡長大，只見過庭中的梅蘭竹菊，再多也就是桃花梨花什麼的了，何曾聽過有種神秘的植物叫做木槿？就那一句，我已經知道，我這輩子，都將和木槿糾纏在一起。」

「木槿花……」我喃喃自語，「代表堅韌，永恆？」

鳶尾莞爾一笑，「沒錯，沒想到你對花語也有所研究。這也是他告訴我的，當時我就想，用花名命名本來已經是非常美麗的事情了，花語代表的，又是親人另外一種期許，他們家的這個傳統，質樸美好。」

「那麼，之後呢？」我迫不及待想聽後面的故事。

「之後，就是茶館酒樓裡爛俗的橋段了，小姐愛上長工，父親不允，然後兩人私奔。就這麼簡單。」她別過頭去，繼續望向窗外，原來細雨之中還掩蓋了一株梧桐樹，不知是否曾有鳳凰棲息過。她輕描淡寫地帶過他們相愛的經過，好似非常平淡，可是每個聽過才子佳人故事的人應該都知道，這種平淡背景下的腥風血雨，是如同大海撈針一樣的絕望。她回過神來，呷了一口茶說，「然後，我們就來到這個小鎮，過起了與世無爭的生活。我做刺繡，他去做生意，慢慢地家業也豐厚了起來。一是我的蘇繡在這個地方的確物以稀爲貴，二是他是一個忠厚老實的人，和他做生意所有人都放心。於是幾年後，我們便買下了這個宅子，並且按照江家的格局修葺而成。對了，有天我們在山坡上看夕陽落下，我問他，如果用花來給我命名，選什麼合適？他說「鳶尾，從看見你的第一眼，我就覺得你是鳶尾。」雖然我一直不知道鳶尾是種什麼花，但是我相信一定是有好的寓意。」說到這，她的臉上又出現了純眞的笑容，「因爲我知道，他很愛我，可是我更愛他。我和他說，我願意叫作鳶尾，然後我們會有很多很多的孩子，我們都用花的名字來命名，讓整個庭院，都變成鳥語花香的地方。他說，好，我們會有很多很多的孩子，等到這片山頭開滿鮮花的時候，就帶著孩子來認所有的花種。到時候，山花爛漫，絢麗生姿。只是可惜還少一個人……我始終不明白他可惜誰，是他的母親嗎，還是……後來他也只是笑笑沒有再說。」

「所以，你就把自己改名爲鳶尾了？」我終於明白了鳶尾名字的來歷。

「是的。我愛他，願意放棄我的家族，我的一切，更何況一個名字而已。而且，鳶尾這個名字，很好聽。」她朝我笑笑，用杯盞撥了撥茶中的葉子，水波便蕩漾開來，「其實，我一直不知道，鳶尾長什麼樣，每每問他，他只說，是一種與你一樣美麗的植物，是比風光旖旎更長久的榮華。樸桃，你知道鳶尾到底是什麼樣子的嗎？」

我心中已經明白鳶尾的含義，卻也不能明言，只好淡淡地說：「是一種紫色的，十分美麗的花卉，它代表的是，優美。」

「優美？原來我在他心中，是這個印象。」鳶尾喃喃自語道。

「然後呢？爲什麼現在這個宅子都不見木槿的影子？」我環顧四周，亭台樓閣中並無男子的衣服，家裡雖然一塵不染，看起來卻也是死氣沉沉。「他是出門做生意了嗎？」

聽到我的這個問題，鳶尾本來滿含笑意的眼睛突然湧出了許多悲傷。

「不，他已經去世很久了。」

半夏重熏盡

「抱歉，提到了讓你傷心的事。」我自知失言。她卻似乎很快就平定下來了，不知是不是克制住了那從胸腔湧上來的心傷。「山花爛漫的日子，過了很久很久。久到我忘了究竟是一年，還是兩年，三年。木槿對我很好，不讓我出門勞作，平時也就在後院刺繡，看書打發日子。以至於時間默默地流逝，好像有人拿著日晷滴漏告訴我，已經幾時幾刻了，我也沒有半分感覺。直到，郁金來到了這個世上。」

「郁金？看來是你的孩子了？」

「沒錯，樸桃你真的很聰明，不過以花名命名的，也可能只有木槿一脈了。郁金來得讓人很意外，意外地有些不知所措，我還沒有準備好做一個母親，就感受到郁金在我體內一點點長大。我依然記得木槿回家，看到我懷著郁金的時候，眼睛裡的喜悅快要溢出來一般，他說，鳶尾，謝謝你。我不知道當時的我有多幸福，木槿給我找了丫鬟巧兒服侍著，一點粗活累活都不讓我做，也是沾了郁金的福氣。可是人這一輩子能享福的日子是老天爺定的，我年輕的時候享樂太多，又遇上木槿對我如此好，等到郁金出生後，更是到了天堂一般，我有疼愛我的丈夫，乖巧可愛的女兒，之後會有更多更多的孩子叫我母親。可是，我擁有的越多，就越害怕失去，我很擔心一覺醒來，什麼都沒有了，如此惴惴不安地度過些許時日，人也憔悴了不少。木槿很是心疼，他對我說，鳶尾你總是患得患失，現在的一切都不會失去的，木槿不會，郁金也不會。可是他越對我好，我越幸福，我的不安就越深，以往他外出做生意，我都不會太過關注，可是自從郁金出生之後，我越發地依賴於他，悄悄地關注他的喜怒哀樂，生怕他離我遠去。」

「我想，木槿應該不會離開你。」

「當初我也是這樣認爲的。」鳶尾苦笑一聲，「我繼續在這樣的憂慮之中期待著他回來，不久後，他回到了家中，好像生意做得很成功，眼睛眉梢都是喜氣洋洋的，他在外如此風光，讓我的不安感覺更加沉重。不知道，他還會不會留戀這個只有我和郁金，冷冷清清的家呢。幸好，我馬上又懷孕了，只有當木槿摟著我對我說「鳶尾，我眞是天底下最幸福的人」的時候，我的心才能稍微平靜一些。這次懷孕，比上次懷郁金的時候要不舒服得多，巧兒有時候會帶幾個街坊過來和我聊天解悶。某日，東街的李嫂嗑著瓜子說道：「男人吶，一有錢就變壞，說是外出應酬，其實不知道有多少花花心思。」巧兒咯咯一笑，

「那倒不見得，我們家姑爺對小姐可是出了名的好，沒有一個妾侍不說，出門回來啊，都帶些稀奇古怪的小玩意怕她悶，也沒聽到有什麼風言風語啊。」聽到這話，我心裡有說不出的滋味，便遣散了她們各自回家。是夜，我反復問自己，木槿是眞心愛我的嗎，他會不會做對不起我的事？我安慰自己，肯定自己又否定自己，本來就胸悶氣短，在反復思慮下竟滿頭大汗，外頭窗子沒關好，竟著了風寒。」

「你是思慮過多，沒有必要的憂思傷身。」我直了直身子，安慰她說。

「我自己又何嘗不明白，汲汲營營小半輩子，平平淡淡的生活過於美好，杞人憂天的心思卻易來難去。我自己都不明白我究竟在害怕什麼，思慮什麼。只是這身體，自從病下就難以再好了。本來就懷著胎兒，早春天涼，穿多少衣服身上都是涼浸浸的，我拉著木槿的手，說我害怕，害怕這個孩子會保不住，我始終不能給他們家留下一個男孩，傳遞他們的骨血。木槿只是溫柔地笑笑，說不要緊，有郁金就夠了，這個孩子，不論男女，都好。我拼了命地想保住孩子，不去胡思亂想，可是病來如山倒，病去如抽絲，整日病懨懨地臥在床上，也不知如何自處。木槿每日便會去那個夕陽無限的山頭，給我採摘桔梗，放在陶罐裡。他說，算了日子是夏天生產，若是男孩，便叫半夏；若是女孩，便叫桔梗。都是美麗至極的花卉，和充滿愛意的名字。」

「那，究竟是半夏還是桔梗？」

鳶尾深吸了一口氣，好像不願意回想那些過去的痛苦。「是半夏。」她眼神閃閃爍爍，「可惜，他出生沒幾天就夭折了。大夫說是天生的胎內不足，我拼了命保住的孩子，終究沒能挨過老天爺的意思。」

她凡是講到小細節的時候，都會瑣瑣碎碎地強調上好幾遍，可是每每到感情濃烈的大喜大悲，卻總是一筆帶過，我想，應該是她的內心，恐怕無法再承受一遍人世間的悲歡離合了吧。

「後來，我就越發沉悶了，像個木偶一般行屍走肉地生活，木槿強忍心中喪子的悲痛，陪我度過最難熬的一段日子。可惜人的忍耐是有限度的，脾氣再好的木槿也不過如此。他慢慢地也被我感染，心思憂愁，嗟嘆不已。他不願再見我這個病懨懨的樣子，便以做生意爲由，再次出門。」鳶尾繼續著自己的故事，我沒有想到一個看起來有條不紊的美麗婦人，心中竟有那麼多甜蜜哀怨的故事，想必這些年來，無人傾訴的她一定活得甚爲艱辛。「不多久，木槿就又回來了，他一掃出門前的悲慟，臉上洋溢著與我初見時的神采，短短半年間彷彿年輕了十歲。我察覺有什麼不對，但又說不上來，他見到我，很開心地說，

『鳶尾，我遇到了一個對我而言很重要的人，我要和你商量一件事。』我的腦袋頓時像爆炸了一般，前些日子那些家長裡短的一下子湧入了我的腦海。我不願再聽，只是用悲傷的眼睛看著木槿，木槿本來興匆匆的，看到我憂傷的眼神也不禁話到嘴邊停了下來，『算了，等過些日子確定了再說吧。鳶尾，你先養好身子。』說完，便走去了書房。我好像失去了主心骨一般，重要的人？難道不是我和郁金嗎？除了我們還能有誰？我越發相信我的擔心是有理有據的了。那夜，我趁他睡熟，便悄悄地溜進了書房，果然有一封未經束封的信。內容是：我已到家，一切都好，勿念。」說到這裡，鳶尾痛苦地閉上了眼睛，她很堅強，從始至終，眼淚一直都是在盈盈的眼睛裡打轉，未曾掉落下來過。

「而抬頭收信部分寫的是：罌粟，親啓。」鳶尾直勾勾地看著我，一個一個地吐出幾個字：「罌粟，那個美麗妖嬈的名字，是我一輩子都不會忘記的夢魘。」

我直視著她的眼睛，心裡像被千百把針同時刺那樣疼。

流霞染罌粟

「罌粟？飽聞食罌粟，能滌胃中熱。」我自言自語道，「也就是鴉片？」

「不錯，你的見識真不小。滿清時曾經虎門銷煙的鴉片，也就是罌粟，是可以攝人心魂的毒物，我還在深閨之時，便聽聞大煙是萬萬碰不得的，而這個罌粟姑娘，當真是人如其名，不可沾染一絲一毫。不用見上一面，我便可以想像她的美麗定是和鴉片一樣讓人留戀，不然木槿也不會說那是他很重要的人了。看到信的那一瞬間，我就知道，我這輩子完了，最終木槿還是離開了我。」鳶尾細細地將心中的怨恨碾碎，好似讓它飄散到空氣中去。

「剛才你說木槿已經去世很久了，難道，是罌粟姑娘害死了他？」慢慢地，我覺得心中的疑惑一點點明朗起來。

「可以說是，也可以說不是。」

「此話怎講？」

「知道木槿和罌粟有往來之後，我悄悄地觀察他的一舉一動。果然，有了罌粟的溫柔鄉，他早就從失去半夏的痛苦中醒過來了，我燒了當時給半夏做的衣服，他也不聞不問，只是吞吞吐吐地想要和我說什麼，卻總是說到一半就停止。我想，他一定不知道怎麼開口讓我接受罌粟作為二房吧。那段日子，他活在自己的喜悅之中，常常在書房裡寫信，或者寄些東西出門，我知道，這些都是他給罌粟的。罌粟啊罌粟，是怎樣妖艷的一個女子，敢有這樣狠毒的名字，和這樣勾人本領。我很恨，可是我無能為力。直到有一天，他收到了來自遠方的信，木槿的神色非常不好，我問他也不說。當夜我看他在書房偷偷寫日記，等他睡下了我便去看寫了些什麼內容。木槿寫道：

今日得罌粟來信，知道其病重，心裡鬱結難解。鳶尾自喪子以來，多疑憂思，與罌粟種種，不忍告知，恐其再生疑慮，傷其心神。

原來，他是因為罌粟生病而如此難過的，我的心彷彿被千人踏萬人踩，我恨自己沒有早點挑明，恨讓他們在魚雁往來中感情日益深厚。我的病，木槿只說我是憂思傷身，而罌粟的病，卻可以讓木槿也一同悲傷。我知道我嫉妒了，這種惡毒的東西吸取我身體裡所有的養分，瘋狂地滋生著。可是，我完全不知道罌粟是誰，該如何找到她。那天的晚霞，像鮮血一樣紅，不知道流霞和罌粟相比，哪個更美麗些。之後沒多久，又有信來了，信上貼著白布，我知道，是罌粟過世了。一個風華絕代的女子，一個從未出現在我眼前的女子，就這樣悄無聲息地走了，同時，她也帶走了木槿的靈魂。就在那一天，也是類似於今天一樣的清明時節，綿綿細雨紛紛地落下，木槿拿著信，沒有撐傘地走進雨幕裡，一站就是一整天。我看著他的背影，卻絲毫不覺得悲痛，我知道，木槿已經完完全全地離我而去了。剩下的，不過是個軀殼而已。」

「所以，是這場清明雨導致木槿的逝世嗎？那可多謝剛才給我的油紙傘。」我戲謔道。

「其實我也不清楚，自此之後，木槿便一病不起，我感覺他眼神裡有很多話想對我說，可是咳疾嚴重，卻也說不出什麼。我請了最好的大夫，可是都沒有辦法，那一場綿綿不斷的雨，下了整整半個月，終於在放晴的那一天，木槿拉著我的手，對我說了最後幾個字，『鳶尾，一切都是命中注定的，是我對不起你，好好生活，罌粟其實……』話沒有說完，他就過世了。那日之後，我的靈魂卻彷佛甦醒了一般，我不再渾渾噩噩，小心料理了他的後事，把家裡打掃得一塵不染，我遣散了所有的奴僕，把郁金送到我母親那裡寄養，因爲我想一個人住在這裡，守著這個庭院，守著這個曾經有我和木槿種種故事的地方。我必須活得精緻，因爲我不僅爲自己而活，還有木槿。」說到這裡，鳶尾彷佛卸下了千金重擔，她長吐一口氣，「這就是我們全部的故事了，也是這個古鎮的傳說，江南的憂愁，和不絕的哀怨。講那麼多，也不知道你愛不愛聽。」

我放下手中記錄的筆，笑道：「愛聽愛聽，當眞是一個纏綿悱惻十分動人的愛情故事。只是……罌粟，究竟是怎麼死的呢？」我抬起頭，看著鳶尾，拿起一直放在包內的一朵鮮紅色花來把玩。

她笑得非常合宜：「這我就不知道了，她距離我們那麼遠，而且，我和她完全不認識。對了，樸桃，你手中的花叫什麼名字啊，開得那麼鮮艷，紅得很好看。」

「這種花的名字，就是那個讓你心生怨恨的名字，罌粟。」我抬起頭，「產自雲南。」這幾個字，彷彿用盡了我所有的力氣，像要抽離了我的靈魂，然後我觀賞著她驚慌失措的神情。

「罌粟，是一種花？」她好像在回憶著什麼，我可以猜到她腦中的跑馬燈，一定回放過這麼幾個片段。

那時候雲南一帶鬧飢荒，很多人都妻離子散，家破人亡……

我的丈夫他們那，不是這個江南小鎮，是另外一個與世隔絕的地方，在雲南，都喜歡用花名當做一個人的名字……

到時候，山花爛漫，絢麗生姿。只是可惜還少一個人……

鳶尾，我遇到了一個對我而言很重要的人，我要和你商量一件事……

好好生活，罌粟其實……

這種花的名字……罌粟……產自雲南……

「罌粟……木槿……」鳶尾一瞬間成爲了被雨水打蔫的花骨朵，「原來是這樣。我一直以爲木槿背叛了我，難道，他們是兄妹？！」她在眼眶裡來來回回轉了好多次的眼淚終於流了下來，一顆晶瑩，落在了地上，發出清脆的聲音。

娟娟長遠生

我忍住內心的波濤洶湧，繼續問道，「所以，罌粟眞的是病死的嗎？」鳶尾看著我，不發一言。

我慢慢站起身子，說道：「罌粟的死，看似腸胃潰爛致死，好像是本身就有的疾病，其實，是長年累月堆積下來的毒素所致。」

「中毒？」

「沒錯，就是水銀毒。據大夫所說，罌粟當時的情況是頭昏頭痛、失眠多夢，一向溫婉的她情緒激動，焦躁易怒。這些反常的行爲恰恰是水銀中毒的症狀。而她的家人翻遍家裡，也沒能找到和水銀有關的東西，於是便不了了之。而之後木槿的情況，想來也差不多吧。」我不緊不慢地說著，「從我進門開始，我就沒有發現你家裡有鏡子，作為一個生活得如此精緻美麗的女子，沒有鏡子眞是說不過去，難道從水的倒影來梳妝不麻煩嗎。除非……」我頓了一頓，看了看鳶尾的神情，她的眼神垂了下來，盯著地面的磚塊，髮絲下的是悲戚的神情。

「除非，早些年，你將鏡子用作了別的用途。我記得，江南一代時興的是從唐朝便傳下來的水銀鏡子，若是將所有鏡子背後的水銀全都細細刮了下來，然後塗抹於必須接觸的地方，積年累月，則會水銀積累過多中毒。我想，那些鏡子的水銀，應該都被你塗抹在他們兩人用來通信的紙上了吧。後來你不再使用鏡子，也一個人獨自居住在這宅子裡，是為你的所作所為表示懺悔吧。你從小長在深閨之中，只知道罌粟是害人不淺的毒品，卻不知這也是一種美麗的花，你自己憂思傷身導致小產，卻依然疑心深愛你的木槿。他外出時找到了失散多年的妹妹罌粟不勝歡心，正想要告訴你時卻擔心你多思生疑，也不願意再讓你傷了身體，只好瞞著你偷偷地給罌粟照顧。沒有想到，大家閨秀的你在溫良恭儉的外表下竟有一顆多疑善妒甚至狠毒的心腸。我想木槿在逝世時是知道你所做的一切的，不過他已經原諒你了，他一直爲自己不能給你帶來更好的生活而後悔，所以他不曾怪你。可是罌粟是無辜的，她死的時候，她的孩子才三歲，和你的郁金一般大。」

鳶尾忍不住痛哭起來，之前端著的儀態一下子垮了，她像老了十歲一樣，用垂暮之人的口吻問我：「你究竟是誰？」

我忍住眼角的淚水，裝作輕鬆地笑了笑：「我是樸桃啊，葡萄花，也是一種花啊。舅媽。」

如果還有後記

樸桃走在泥濘的小路上，拿著幾株荼靡花，放在了那些故人的墓前。輕輕地哼著小調：「一叢梅粉褪殘妝，塗抹新紅上海棠……」她對著一座新墳說：「媽，我把你的骨灰帶來了，葬在這個你憧憬很久的江南水鄉，這裡有舅舅和你描述過的小橋流水，我替你看了，很美。你放心，我知道你給我取名葡萄的含義，我不會記恨任何人。」然後，她把荼靡花放在了另一座舊墳前，說道：「舅舅，舅媽已經悔過了，她變賣了宅子，回了蘇州，她說不要讓我找她，我想郁金會把她照顧好的。」樸桃看了看遠方的夕陽，正一點一點地從山頭落下，「舅舅，那天你和舅媽看的夕陽，一定也是這樣美的吧。對了，忘了告訴你們一件事。」她撫摸著自己的小腹，用一種溫柔的語氣說，「上天給了我最好的禮物，我想叫他（她）茶靡，春天最後一種花的茶靡。」

樸桃走下了山，她繼續哼著那首小調：「開到茶靡花事了，絲絲夭棘出莓牆。」甜美的聲音，久久地迴蕩在這一片傳奇的土地上，留下讓人扼腕的故事和繞梁三日的絕唱。

花語註解：（按照出現順序）

1. 茶靡：末路之美
2. 鳶尾：優美，絕望的愛
3. 木槿：堅韌，永恆的美麗
4. 鬱金香：愛的表白
5. 半夏：憐惜，疼惜

6. 桔梗：永恆的愛
7. 罌粟：希望，令人窒息的美
8. 葡萄花：寬容，博愛

勇敢的方法

企管四　簡劭伃

曾芯永遠記得那一天，她斬釘截鐵，一字一句，毫不猶疑地告訴陳愷：

「我是個異性戀。」

她的態度堅定，不容反駁，彷彿這一刻記分板上的時間正以一個令人髮指的速度緩慢行進著。球場上球員們激烈的投接球，選手使盡生平力氣奮力邁動雙腿，一個飛身撲上本壘板。全場歡聲雷動，整齊劃一的手勢與加油聲，排山倒海的人群吶喊，此時都在腦後，全都在腦後。全世界的映像停止播放，音量鍵按下了靜音，只有她的聲音，清晰而殘忍的劃破天空。

曾芯看著陳愷說話時，花了好大努力才隱沒肩頭細微的顫抖，表情卻深刻地刻劃著毅然。此時林曦的面孔卻慢慢重疊在陳愷臉上，映入曾芯眼裡，從模糊到漸漸清晰，眼神裡是化不開的濃濃哀愁，深深地望進曾芯的靈魂深處。

隔幾天，陳愷果然如曾芯預期般地轉述她的立場給林曦。

再見面的時候，曾芯有點害怕面對，那感覺就好像，她失去方向地走進一片迷霧裡，手指緩緩撫上葉上的水珠，心情微微顫抖著，隨時準備接受劇變。但首先，曾芯強迫自己露出微笑，一如往常的和林曦聊天談心，就像喝水一樣自然的，聊天，談心。

對於當時說的那句話，曾芯從來沒後悔過。也覺得將自己的態度表明清楚是她的責任也是正確的選擇。雖然同時，曾芯也害怕失去林曦，深深恐懼著受傷害的林曦從此踏上離開她的方向，留下背影給她，友情也不帶走。

坐在環繞著操場旁的觀眾席上，曾芯漫不經心的踢著腳下的小石子，抬頭望向操場上慢跑的人們，眼裡的他們眼神堅毅，吃力的邁開雙腿，全神貫注地聚焦於終點線上往前衝。如果，曾芯想著，她能了解自己想要什麼，就像操場上的終點線那樣明確就好了，這樣她就可以放棄思考種種艱難的問題，只要義無反顧地朝目標奔跑就好了。最後，跑者充滿汗水的臉上不知何時已籠罩一股霧氣，曾芯的眼神開始渙散，覺得自己的腦袋此刻充斥著操場上混沌的空氣，混合著跑者們喘出的二氧化碳。

林曦坐在曾芯身旁，深深地嘆了口氣。

「我想和妳談件事。」

即使曾芯努力避開這方面的話題，從見面開始便盡講些無關緊要的話，當一個個話題結束後，林曦終究還是挑明了。

「說吧。」

曾芯雙手一攤，努力故作坦然。但其實曾芯的手心已頻頻冒汗，心臟像是被人用槍頭抵著一般。

「我聽陳愷說了。」

「恩。」

「他跟我說時，我甚至能看到妳的表情、妳的語氣，就好像妳就在我面前一樣……」

「恩……。」

「我只是想告訴妳，我知道了。」

林曦微笑著。但曾芯卻能聽見空氣在她們之間凝結，又碎了一地的聲音。

「如果妳覺得我們這樣相處，讓妳很難受，我會試著保持距離的。」

這是違心論。曾芯一點都不想失去她這個朋友，她更恨什麼該死的保持距離。但是基於道德良知，她也不願當個自私的人，於是她逼迫自己這樣說。

冷冷的，像把一桶冰水無預警的往曾芯頭上倒一般。突然，林曦用手指各

「那我們絕交吧。」

比了一個七，緩緩伸到曾芯面前，將七的頭接起來。

「那我們絕交吧，妳來切斷。」

林曦又面無表情地說了一次。那樣冰冷的表情是曾芯第一次看到。

曾芯大驚失色，頓時失去言語能力。一顆心撲通撲通的狂跳，眼淚禁不住

在眼眶中打轉。差不多過了一世紀這麼久，林曦才又緩緩說道，

「我開玩笑的。」

林曦哈哈大笑起來。曾芯仍然呆滯在原地，一愣一愣的看著她。

「雖然很不容易，但我會去試的，試著跟妳當普通朋友。我會努力的。」

林曦說。看向操場的另一邊，褐色的短髮在微風中飛舞。

冷風徐徐吹來，曾芯卻仍凝滯於驚嚇的情緒裡。她訝異的不是林曦要和她

提出絕交，而是發現自己，什麼時候竟然已無法輕易答應。

原來離開林曦對曾芯來說，已經是一件非常艱難的事情了。

*

後來的日子，曾芯總認爲已步入正軌。

早上林曦一如往常地傳訊息來，告訴曾芯她起床了，正要出門去上課。

「今天那堂課的作業我不大會寫，只能等等去問那幫傢伙了，希望教授不要第一節就收作業。」

「我看妳美其名是去問妳那幫朋友，實則是去抄作業的吧！」

看完林曦的訊息，曾芯會心一笑，嘲諷的回覆。

「曾芯妳這樣講就太沒禮貌了，在妳眼裡我就這樣壞呀？」

放下手機，曾芯打開衣櫃，端詳櫃子裡一系列的白色衣服。不知道爲什麼，曾芯特別鍾愛白色，因爲白色不管怎麼搭配都好看，而且是最不突兀、最隨和的顏色。以前的她喜歡粉紅色和黃色這樣亮麗又顯眼的顏色，但是後來總是引來側目或是關切，大家總愛問她，「是不是今天心情好呀？怎麼穿這麼亮？」向來習慣低調的曾芯有一次一股腦的將衣櫃裡亮色系的衣服都丟了，從此以後挑衣服不離黑白灰這三個陰暗色系。穿這樣的顏色低調又好打理，她不喜歡當眾人裡頭不一樣的那個，也不喜歡受到矚目。她只想平順安穩的過日子。

著裝完成準備出門的時候，曾芯感覺肚子下方有些悶悶的。估計是經期又要來了。隨手塞了幾包衛生棉入包包，曾芯加快腳步帶上早餐趕公車去了。

一整天的課讓曾芯疲憊不堪，果然不出她所料，她的月事眞的來了。一整天都像個老奶奶般的彎腰駝背。爲了舒緩一些疼痛，她上課只能趴著，並且不斷在內心哀號。最後一堂的瑜珈課要考試，曾芯拖著沉重的身子踏進木地板教室，但是在輪到她考試的這一刻，除了跪在地上曾芯眞的什麼也做不了。

「老師，我眞不行啦！可以讓我請一次假嗎？」

「可憐的孩子，趕快回家休息吧！」

可能是此時的曾芯臉上毫無血色，慘白的有如電影裡的吸血鬼。老師才不疑有他的立刻放行。

回到家的這段路曾芯好幾度想要直接趴在地上用爬的爬回家。但是有鑑於會引來不小的注目，且還有嚴重的可能性會被懷疑是在拍鬼片，曾芯依然靠著意志力支撐自己走回家。

到家的時候曾芯幾乎是用撲的撲到自己床上，想到自己有如猛虎，舒服的床有如綿羊，曾芯便不知不覺笑了出來。但是接下來，排山倒海的劇痛席捲曾芯的肚子，這也不是一次兩次的事情了，曾芯雖習以爲常，但也只能抱著肚子在床上滾來滾去。疼痛是一陣一陣的，稍微舒緩的那一刻，曾芯拿出手機，滑開與林曦的對話。

「曦兒啊，我今天那個來肚子眞的痛到不行呀！估計等等就要血崩而死了。」

鍵入這幾個字，曾芯便昏昏沉沉的睡著了。手機兀自緊緊握在手心裡。

再度醒來時已經是三小時後，曾芯昏昏沉沉的睜開眼睛，發現天色已暗了大半。發現自己手上還躺著手機，曾芯下意識的便將手機滑開放到眼前。

「我的曾芯還好嗎？昨天喝冰的了，今天肯定很痛吧！」

是林曦發的短訊。曾芯覺得心暖暖的，馬上鍵入回覆的訊息。

「睡一覺起來沒事啦！現在只覺得悶悶的。」

訊息才剛發出沒多久，手機突然響起來。來電顯示是林曦，曾芯手忙腳亂的接起。

「還好嗎？」

「恩恩，好多啦！妳都沒看我的訊息阿。」

「看了，看了。沒事就好。妳現在可以下樓一下嗎？」

「下樓？」

「妳下樓就對了。」

電話裡的林曦聲音是滿滿的笑意。

曾芯有些忐忑不安的掛掉電話，像是準備要去闖關似的慢慢步下樓。來到家門口，遠遠的就看見林曦坐在石階上，笑嘻嘻地看著她。

「幫妳外送紅豆湯來啦！」

林曦高舉裝著紅豆湯的塑膠袋，像在揮舞什麼勝利旗幟般的揮著袋子。

「妳……，妳不是在桃園上課的嗎？爲什麼跑來淡水找我呢？」

不是高興，更多的是驚慌失措取代曾芯的情緒。不可否認的曾芯感到感動，非常非常感動，但是更多的是害怕，她害怕對她那麼好，好到超過友誼的林曦。

「我想看看妳，也想買紅豆湯給妳喝，所以就來了。」

林曦睜著小狗般無辜的水汪汪大眼看著曾芯。語氣裡是無限的委屈，像是苦苦哀求媽媽原諒的孩子一般。

曾芯嘆了長長一大口氣，才緩緩坐在林曦身旁的石階上。

「怎麼，生氣啦？」

「下次別跑這麼遠了，好嗎？」

「好的。」

一口一口啜飲著紅豆湯，此刻吞下的不是甜味，竟是滿口的苦澀。

察覺到林曦的心意依舊像每日高照的太陽一般明亮而顯眼，曾芯只想避開陽光，找個陰影處埋藏自己。因爲那樣的情感太過耀眼、太過輝煌，高大的建築物可以將陽光隔絕在外，包覆自己，曾芯只想安安穩穩的過生活，不想去挑戰世俗的眼光，不想成爲被注意的焦點。此生，她只要在蔭庇處活得好好的就好，就像身上的這件白T，不要黃色的花俏，她只想要簡簡單單，低調就好。

＊

夏天到冬天中間總會經歷一個秋天，不會熱到汗水直流，也不會冷得瑟瑟發抖，而你只要套件薄薄的衣衫，就能閉上眼用身體感受微風帶來宜人的溫度。那段時間總會想著，若是季節能永遠停在這時候就好了，不用倒回大汗淋漓的炎炎夏日，也不須前進到冷到需要用意志力才能穿牛仔褲的日子。

細數每個和林曦在一起的日子，望著林曦笑開的側臉，曾芯也總是想著，時間能不能停在這一刻。曾芯和林曦，可以就這樣勾著手走完人生的跑馬燈，當曾芯和男朋友吵架時，她會氣呼呼地跑到林曦家，林曦會帶曾芯一起做餅乾，讓曾芯忘記吵架時發生的不愉快；而當林曦工作不順遂的時候，曾芯會到那家林曦最喜愛的奶茶店，買一杯林曦最愛的紅茶拿鐵，而且要記得是半糖少冰。林曦說喝了一口，很多事情都可以忘記。

但是冬天總是會來的，不論你在心裡多麼虔誠的祈禱。就像曾芯和林曦的友情總有一天會變質，何況它打從一開始，對林曦來說就不是友情時。

跨年趁著連假，五個好友一起到南部旅行。晚上在民宿，大家瘋狂的聊天打牌喝酒不亦樂乎，最後紛紛搶著最舒適的床便趴著死賴著不起來。林曦理所當然躺在曾芯身邊的位置，曾芯覺得彆扭，但她不知道該怎麼拒絕。五個女生躺成一排，聊天聊著聊到半夜，最後紛紛疲憊地閉上眼睛進入夢鄉。

半夜，曾芯也不清楚是幾點，半夢半醒間只感覺到林曦的手臂緩緩伸來抱住她。曾芯內心警鈴大作，但是仍閉著眼睛，不動聲色。不知道過了多長一段時間，可能是兩分鐘，也可能是半小時，曾芯只知道腦海裡有艘船在烏雲密布的海域中行駛得非常緩慢，像是古老的幻燈片層層交疊著船身，短短的距離卻彷彿用盡一生的力氣在前進，就這樣過了好久、好久，林曦收緊手臂，抱著曾芯抱得更緊了，接著曾芯感覺到林曦像蜻蜓點水般親了下她的額頭。

這一刻，曾芯的心似乎被針狠狠扎了一下，想哭，卻得忍著。

她們終究不只是朋友。

隔天，大家抽鑰匙，決定誰要騎車誰要被誰載。曾芯被分到一個人騎車，出發前，林曦突然跳下另一個女生的車，朝曾芯的方向走來。最終，林曦還是想盡辦法坐到曾芯後座。

「我是來保護妳的，要不然妳一個人騎車多危險啊！」

「那曉鈴怎麼辦呢？」

「她說她常騎，我比較擔心妳。」

林曦笑著。曾芯強迫自己撐起嘴角，回應她一個微笑。但是此時曾芯的心是一顆落水的鉛球，正不斷往下沉。

車子行駛在路上時，曾芯能感受到路面的顛簸，就像此刻自己的心境一樣。昨晚的那個吻，就像一個疼痛的烙印，深深的烙在她心上。林曦的手再自然不過的往前摟住曾芯的腰。被碰觸到的位置曾芯只覺得很燙很燙，燙得發熱，燙得想要流眼淚。她想要撥開林曦的手，但是她猶豫了，她怕從此撥開的，是兩人這幾年來的情誼。騎車往海邊的路上人煙稀少，三台機車就這樣徜徉在無人的馬路上快速前進。曾芯掀開前頭擋風的安全蓋，任風狠狠地打在臉上，她感覺自己的思緒像一團毛線球，被風吹著在後方絲絲飛舞，然後打結，進而糾纏，最後分不清思緒。

到了海邊，朋友們各自如脫韁野馬般的往海水裡頭跑。只有曾芯，駐足在浪邊，緩緩地蹲下身子。看著眼前一望無際的海岸線，看著被岸邊岩石激起的浪花，她有一度以爲自己可以蒸發成泡沫，就隨著海浪漂流，從此遠離人世上的諸多選擇與是非，不負責任的逃到另一個邊際。

空氣的味道鹹鹹的，淚水腥腥的。髮絲在天空中集結成團，皮膚上凝結著一粒粒細小的砂礫，視線快被融進海水裡。

林曦走過來，坐在曾芯身邊。

「林曦，我們絕交吧！我不喜歡妳，我們既然當不成朋友，就別當了吧。」

曾芯以爲她這樣開口對林曦說了。但事實上，這一刻的她啞了，看不見了，世界靜音了。只留下無止盡的憂愁，燒灼整個海岸線。

＊

旅行結束，年假隨之而來。曾芯依舊待在台北，而林曦要回高雄過年。

「我走囉。」

在火車月台，林曦露出一如往常爽朗的笑容向曾芯揮手說再見。曾芯給她一個擁抱，但這個擁抱對曾芯來說，有著其他意義。望著林曦漸行漸遠的背影，曾芯在心裡默默下了重大的決心。

送走林曦後，曾芯站在原地好一會。她不知道自己在那站了多久，也不知道站著時臉上擺出了什麼表情。眼睛雖然睜著，她卻不知道自己到底看見了什麼。也許擁有美好是困難的，但是放棄美好是更痛苦的。

有一種風箏，妳握在手心裡感覺格外幸福，妳帶著它在充滿綠意的草原上奔跑，享受著每個帶領它飛翔的時光。但如果有一天，風箏想要帶著妳飛，它會繞上妳的手腕，預備帶妳飄向遠方，妳會緊抓著不放，隨它飛向未知的世界。還是，掙脫它的纏繞，選擇留在原地？

林曦帶著曾芯起飛了小小一段，但當草原漸漸離開曾芯的視線時，曾芯恐慌了，她掙脫了林曦的束縛，而且狠狠摔上一跤，即便自己已淚流滿面。

除夕那晚，曾芯第一次參與下廚，和媽媽合作準備了滿桌豐盛的菜餚。第一次做菜，雖然曾芯只負責了其中的兩道，但已讓她心滿意足。曾芯興奮地拍了好幾張照，上傳到社群網站上後，下意識地，就要將圖片一起傳給林曦，當照片要傳出去的那刻，彷彿有人敲響了曾芯腦內的大鐘，震得她腦袋嗡嗡作響，她連忙搖搖頭，將手機放回房間桌上。

既然下定決心要與林曦斷絕聯絡，就要有意志的堅持下去。這是爲了自己好，也是爲了林曦好。

曾芯咬著牙想。

初一，曾芯起了一大早，和家人到郊外走春。回程時一家人途經廟裡燒香拜拜，曾芯心血來潮，到櫃檯那去求籤，驚喜的抽到上上籤，她尖叫著轉了好幾圈，手機一拿出來就想打給林曦告訴她自己走運了。但是手機一出口袋，曾芯的手便僵硬了。

原來，原來，自己已經那麼依賴林曦了嗎？沒有林曦，曾芯的情緒頓時像失去方向的小羊，只能在綠油油的草地上亂竄。

後來幾天，當曾芯看到自己又高又帥的表哥時，還有抱到想念好久的表妹時，還有看見好笑的綜藝節目時，不知道有幾百個這樣的時刻，讓她有股衝動想要拿出手機傳訊息給林曦和她分享。但是這些種種念頭，都被她在意志力下丟進爸爸車子的後座。

可能，曾芯必須讓唯一能聯繫林曦的方式從自己身上消失，她才有辦法忍住時時想要向林曦訴說的衝動。

這段想要和林曦斷絕關係的假期過得特別特別長，常常想起林曦、常常想要乾脆放棄自己的計畫直接聯繫林曦、總是想到林曦對自己的好。林曦曾經是曾芯的港口，但現在曾芯是一艘需要獨立的船，失去能夠停泊的地方，要自己找到別的方向。

中途林曦當然也有聯繫曾芯，但曾芯沒有回覆任何一封訊息，也沒接起任何一通電話，她試著讓自己無視那些來自林曦的消息，就像她平常無視媽媽的碎念一樣。

假期結束了，曾芯回到學校過起如同以往的生活。人生沒有變，該做的事還是一樣樣的攤在眼前。曾芯告訴自己一切風平浪靜，而那股內心中的洶湧波瀾正被狠狠地壓抑著。

一個禮拜就這樣平淡無奇的過去了。這天晚上，曾芯蹣跚地走在回家的路上，快到家的時候，曾芯遠遠望見一個熟悉的人影在街燈下若隱若現，曾芯的心臟頓時跳得前所未有的快，她深吸了一口氣，逐漸加快腳步，而此時林曦的面孔出現在路的另一端。林曦淒涼的望著她，眼神深邃，好似黑夜裡無止無盡的蒼海，毫無起伏，一片祥和。像是突然被鐵鍊桎梏住一般，此時的曾芯無法前進，只是愣愣地回望林曦。有一抹暖流從下而上的衝上心防，突然淚水濕透了曾芯的雙眼，她恢復一開始前進的速度，到後來越來越快，最後直接向前擁住林曦。

原來，林曦已經根深蒂固的植入曾芯的生活裡，曾芯是土壤，林曦緊緊抓著不放。如果有一天，樹被連根拔起，上頭一片空蕩蕩的，土壤還爲什麼而活？

＊

同性戀。小學的曾芯在印象中曾聽老師說過，一個班四十幾個人，差不多會有一個是同性戀。國中的曾芯，在走廊上看過打扮得像男生一般的女孩子，她覺得她們很酷、很有個性，但很難對人敞開心房。高中的曾芯，看見班上偶爾會有一兩對同性情侶，但曾芯認爲她們就如同其他男男女女的情侶一樣，只會曬恩愛，眼中沒有其他同學的存在。大學的英文課，英國老師曾義憤塡膺的定義同性戀都是心理生病的族群，他說因爲後天環境問題才會造成他們有反社會的不良傾向。曾芯記得那時候即使自己的英文爛到掉渣，她還是舉起手來跟老師辯論，那時的她認爲，同性戀和大家沒什麼不同，只是天生生下來就是喜歡跟自己同樣性別的人，就像有人會長得特別高，有人天生就骨架子小一樣。雖然那次的辯論理所當然的沒有改變雙方立場，但是曾芯也沒有因此討厭英國老師，也沒因此對這議題產生興趣，或是想要參加相關遊行替他們爭取權益。而且曾芯還很確定的是，她此生定然是與這個詞絕緣，因爲她貨眞價實的喜歡男生，也從未對身旁的女性動過心。

但是曾芯本來就不是自己人生劇本的作者，無法執筆人生的變化。

曾芯在人生的轉角遇見了林曦，而林曦就這樣瘋狂的喜歡上了曾芯，頻頻對她發出猛烈攻勢。

原先曾芯是海邊孤立的石頭，林曦則是海浪溫柔而不著痕跡的侵噬著曾芯，最終曾芯幻化作沙子，隨林曦漂流。

以前對於其他發生在同性之間超乎友誼的感情，曾芯可以輕描淡寫。而後來當自己也身陷其中時，曾芯再也無法雲淡風輕這件事情。

林曦會在大街上坦然的牽起曾芯的手。但不知道林曦是否曾經發現，林曦的手指纏繞著曾芯的，曾芯卻從來沒握起林曦的。

「妳最近交男朋友了沒呀？」

每當朋友或親戚這樣詢問，曾芯總是笑著搖搖頭，但是卻沒有告訴他們她沒交男朋友，但是交了一個女朋友。

而當曾芯發現，就連對自己的家人和閨蜜都難以啓齒這件事情的時候，曾芯一度面臨心靈的潰堤。

她們之間的情感，對曾芯來說竟然像是顆定時炸彈，她不知道這顆炸彈什麼時候會引爆，而裝著它的內心深處，曾芯無時無刻小心翼翼奉養著，只怕一次的崩潰。

電視上正播著同志遊行的新聞。

曾芯看著不發一語，深怕一個表情一個反應會洩漏痕跡被身旁的人發現。

而此時弟弟卻開口問出自己最想問的問題：

「爸，媽，如果我是Gay，你們會怎樣啊？」

客廳裡突然一陣靜默，只剩下電視機的聲音嗡嗡作響。這樣凝滯的氣息讓曾芯快喘不過氣，但她吞吞口水，要自己冷靜。

而媽媽的回答完全出乎曾芯意料之外。

「只要你們快樂，老了有個人照顧，另一半是男是女其實也不重要呀。」

向來傳統保守的媽媽這個回答讓曾芯跌破眼鏡。

而爸爸的答案卻也讓曾芯永遠都忘不了。

「如果你跟電視上的這群人一樣，我們的父子關係就斷了。」

第一次覺得自己是飛蛾，她是火。曾芯撲向林曦，但是又好怕燒著自己。什麼時候談個戀愛也需要這麼大的勇氣，曾芯在心裡埋怨過上百次。這段感情並沒有損害到任何人，也不是什麼傷天害理違法的勾當，爲什麼便要愛得如此躲躲藏藏？

半夜裡曾芯時常哭泣。她不喜歡隱瞞，她不想要用小偷式的方法談戀愛。好幾次，她都想放棄去喜歡一個女生。她不敢告訴林曦她的所有不安和委屈，就怕傷害林曦。但她也不敢告訴身邊所有親密的人，如今的她正在和女生交往，她討厭去揣測別人聽到的反應，她們會不會表面上恭喜，其實內心覺得反胃而想疏遠？這些幻想在曾芯體內不斷膨脹，她快失去可以呼吸的空間，整個人被撕裂爆炸了。

走在士林夜市的街上，林曦再自然不過的牽起曾芯的手，曾芯感覺到自己的手微微地顫抖，內心的抗拒又悄悄滋生而出。

「怎麼了？」

內心纖細的林曦一向敏感。

「這裡人多，我們不要那麼親密啦！萬一閃到別人怎麼辦？」

曾芯故作輕鬆的說，試著不要說錯話傷害她。

「可是我想牽著妳呀。」

林曦露出撒嬌般甜膩的笑容。

曾芯寵愛的看著林曦，但是很快恢復理智逃離林曦灼熱的視線。

突然，曾芯牽著林曦快速的走出士林夜市，朝著捷運旁人煙稀少的公園前進。終於找到一處無人的地方時，曾芯才終於脫下一切盔甲，奉上自己赤赤裸裸的心意緊緊擁住林曦。

是不是她們的愛情就像是暮光之城小說裡的吸血鬼。因為存在過於美麗，置於陽光底下會太過閃耀而炫目，這樣的異於常人便容易被猜忌懷疑，最後只好遭到剷除？

曾芯突然好想成為離經叛道，狂傲不羈的東邪。她羨慕藥師的孤僻性情，想像著他彷若鬼魅的身形，飄忽不定，行為怪異。想和他一樣漠視傳統禮教，只願活得快活自在。她也突然好想成為狂傲不羈的楊過，不畏世俗老套只欲和自己的師父在一起遠走高飛。

如果變成他們，曾芯是不是可以更義無反顧的愛林曦，更勇敢的表達對林曦的情感。

可惜曾芯終究沒有勇氣成為故事裡的主角。在曾芯心裡有個心魔，他高深莫測，巨大無比，是夢魘，是鬼怪，纏聚在她心頭盤旋不下，絞痛著曾芯每刻心動的瞬間。

「別哭，別哭。」

林曦溫柔地撫摸著曾芯的頭髮，曾芯才知道靠在她肩上的自己，不知何時眼淚竟已潸潸落下。

「對不起，對不起……」

道歉塡滿了曾芯的言語，靠著她專屬的港口，眼淚肆無忌憚的宣洩而出。把她自從在一起後的顧慮、擔心、委屈等總總複雜情緒通通一股腦的流下。

「我懂得。我懂得。」

林曦的聲音纖細而沉穩。像是古典樂中最溫和的樂章，朵朵旋律悠悠地彈進曾芯心裡。

「我小時候也經歷過一段自我認知的難關。那段時間長達好幾年，我也曾經感到很挫折、很自卑，也懷疑過自我存在的價值。對天問過好幾次自己是不是個錯誤的存在。」

曾芯驚訝的鬆開環抱林曦的手，訝異地看著她。

林曦眼裡是濃得化不開的憂傷，有如一抹深藍色的光暈渲染著黑色的夜。

在曾芯認知裡，林曦一直很有自信、很勇敢，也從不畏畏縮縮。一頭男孩般的短髮和穿著，永遠嘻嘻笑笑的與大家打成一片。如果要說最勇敢做自己的代表，絕非林曦莫屬。

「還記得國中那年，我媽曾在深夜裡把我叫出來，哭著問我是不是她上輩子做錯什麼，老天才要給她這樣的懲罰生出像我這麼異類的孩子。」

心狠狠的揪了一下，曾芯忍不住握緊林曦有些顫抖的手。

「但是我已經下定決心了，有一天我找到對的人，我會牽著她的手回家，告訴爸爸媽媽她就是我這輩子的這個人。我們擁有互相照顧彼此的能力，而且會牽著手一直到老。」

今晚的淚腺特別發達，曾芯又流淚了。

因爲曾芯可以從林曦的眼神裡，看見她規劃的那張美好的未來藍圖。

不久後的將來，她們兩個會帶著堅定無比的意志，那天的太陽肯定是高高掛在天上，陽光會傾洩在充滿自信的人身上。她們會背負著驕傲的勇氣和令人無法直視的自信，走向對方的家裡，看著雙方父母充滿訝異的眼神，她們卻能以微笑握緊對方，宣告她們已經決定好未來的另一半是她，而她們需要您們的支持。不過就算全世界的人都反對她們在一起，她們自己的人生，她們這樣決定了。

有一本書裡寫道，造物主在創造世界時本來就沒有規定男人和女人才能在一起，人出生在這世界上其實是可以對任何一種性別和個體產生感情的。只是當人們出生那刻起，世界就這樣規定了，從小教育便教導男人會和女人相愛並且結婚生子，所以才侷限了人們愛上同性的可能性。只有少少人會發現自己的這項潛能，而去突破世俗的眼光。

也有書說，同性戀的人都生病了。因爲這項關係本身便是違反了大自然的法則。上天既然設計了男生和女生，就是爲了讓這兩者交配進而繁衍出後代，如此人類這個物種才能延續。而同性戀打破了繁衍的規則，就是一種叛逆。

曾芯不知道自己的心是不是病了，也不知道到底哪本書寫的是眞理，哪個人的說法才是正道。她只知道，她就這樣了，命運安排她遇見了林曦，而她們經歷了一些抗戰和困難，最後，曾芯不想去違背自己內心眞實的聲音。也許，曾芯這一生就注定這樣活。

隔天起床，曾芯試著穿上昨天在夜市買的黃色外套出門。人們是該有時候爲自己而活，而不是活在他人的放大鏡底下。下午的時候，她和林曦爲了件名不見經傳的小事鬧彆扭，有可能之後，她們會爲了一個莫名其妙的爭吵而鬧分手，就像一般情侶一樣，也有可能之後，林曦會不愛她，讓曾芯獨自哭泣。但是這些事情就等遇到了再說，現在的曾芯，會告訴自己，人終究要活出自己的樣子，她的心裡還是有疙瘩，還是有許多畏懼，但是今天的腳步裡，多了很多自信……

PART 04

極短篇

電梯

英文四　郭彥岑

八點整，垃圾車的音樂準時響起，他從容地扔完垃圾後轉身回大樓。路上，他不時調整步伐。八點零八分，他準時出現在電梯門前。電梯門打開，他迅速站進去，按住最頂層的十二樓，可他不急著關上電梯門。他按住那顆開門的按鈕，嗶一聲，拉的又長又遠。一、二、三，他在心裡默數三秒後才放開按鈕。剎時一片靜謐，可隨後嗶的一聲又劃破沉靜，快關上的電梯門打開來，走進一位身著西裝，手提公事包，戴細框眼鏡的斯文男人。男人進電梯後按上關門按鈕便再無動作，連看他一眼都沒有。電梯裡的溫度因站了兩個高大的男子而略顯升溫。這兩人一左一右地站好，僅留中間那一處縫隙。

一樓，他低頭陷入沉思，男人筆直地看向前方，溫順的眼眸深若古潭。

二樓，他悠悠地抬起頭，漠然的眉眼有些波動。彷彿感應到他的變化，男人的目光頓時有些渙散。

三樓，他倆皆若有似無的挪動身子，動作十足默契，目光卻仍是兩條平行線。

四樓，他持續攤開雙手又握緊，男人的雙肩則略略扭動，那雙溫順的眼眸控制不住讓眼裡的漣漪愈變愈大。

五樓，他反覆又攤開的手最後動作定格在握拳狀，那指關節如烈焰般通紅一片。男人像是呼應他，緊握公事包的手指也逐漸泛白。

六樓，誰的手都不願放開，而他們眼裡掙扎的漩渦也轉得越發瘋狂，只要看上一眼都可能被吞噬其中。

七樓，他率先放開握緊的雙拳，那瞬間他聽到自己十多年前開懷的笑聲。男人的雙手依然死死握住公事包，可笑聲卻不只迴盪在一個人的耳旁，畢竟那也是縈繞在男人心頭多年的笑聲，男人如何能不聽見？

八樓，他放開的手在空中輕盪著，希望就這樣盪到那頭去。男人也終於鬆開抓住公事包的手，略略揚起的嘴角帶點無奈。

九樓，他手晃的弧度越發大，就算是天涯海角他都能搆到。男人則緩緩放下自己的手，僅此而已，自己無法也無力再踏出一步。

十樓，他的手總算劃破他們之間的縫隙，但他也只是放著。他在等，究竟等的什麼也說不清。男人的手含蓄地抬起，可又很快放下，那手似乎打了場血戰，瑟縮不斷。

十一樓，腦海裡是十多年前陽光明媚的午後，他在走廊上握住他一直想牽緊的手。此刻，他不想再等了，於是他猛然牽上旁邊那隻顫抖的手。男人當下有些退縮，可對方的手卻加重力道。男人漆黑的眼眸倒映出少年當時堅定的眼神，耳盼盡是少年飛揚的笑聲。於是，男人下意識地反握住他的手，一如十多年前，男人也想像他一樣勇敢。此時，十多年前的陽光穿越而來，灑落在他倆身上，電梯裡是一片午後的暖意。

十二樓，陽光轉瞬即逝，電梯裡的溫度陡然降至冰點，門打開那刻，他倆間又劃出一道越不過的縫隙。男人走出電梯門，門外的孩子先喊了聲爸爸，另一女子隨即牽住男人的手，一家子的身影消失在走廊盡頭。而他走出電梯，一派淡然，殊不知淡然二字他已苦練十多年。他回到家中，沙發上的男子朝他一笑，那笑彷若男人遺失在十多年前的笑容。尋尋覓覓十多年，他只能找到一個相似卻又不是的笑容。他望著空蕩蕩的手，心也隨之慘白。

香水

中文四　葉欣昱

在關店前，梅重新洗了一次頭髮，彷彿後腦杓長了眼睛似的，三兩下就弄好赫本頭，噴上定型液。坐在喧囂的一隅，梅關閉了五感中的四感，餘下嗅覺感受這個世界。梅粉雞排，加上悶了一整個午後的汗味，濕了又乾、乾了又濕的制服襯衫，曾經，梅也在他們的行列中。

前調

白麝香帶點薄荷味，再靠近一點，有股橡皮手套的味道，在人群中，梅總是能輕易辨別「他」。

梅也是個時髦的女孩，防曬油、粉底、口紅的味道，加上一股幽幽的花香，和著體香，散發著獨特的荷爾蒙，但一碰上他，梅便尋不回自己的芬芳，鼻腔內都是他的氣息，從此，梅有了自己的香水。

中調

他說，香味是種僞裝，掩蓋住世俗的氣味，人，總是有股肉體凡胎的味道。

一開始，梅總會取笑他，是跌進古龍水中的男人。後來，才驚覺吞雲吐霧後，他總是漱口，接著轉身噴香水。原來他一點線索都不想留給梅，除了體香，梅對他一無所知。

梅開始蒐集他的味道，從他落下的手帕、用過的筷子、扔在垃圾桶的保險套，甚至睡過的床單，全部密封在夾鏈袋中，租了樓上的房間，彷彿他從未離開過。

一個月例行的見面日來臨，這天，梅總會推掉所有客人，坐在櫃檯塗著蔻丹。男人總認爲，女人應寂寥的等待，梅揀著罐中的花生酥，聞著空氣中甜膩的味道，晃著一雙長腿，作爲他遲到的懲罰，她更加忿忿的嚼著。

後調

檀香輕淺的飄盪在空氣中，梅皺了好看的眉。

「你是……？」一名年齡相仿的女孩問了梅。

「禮儀師。」揚了揚手中的箱子，梅道。

俐落收拾著男人的面容，修整了略長的髮尾，悄悄的，她把男人的碎髮收進了夾鏈袋。終於，集齊了所有物件。

頭也不回的離開那搭建中的靈堂，無視女主人哀戚的面容，梅小跑著，甚至是踏著輕快的步伐。

連他不喜檀香都不知道，更何況是花生過敏了……。

尋訪

英文三　田雅文

當金黃色的陽光灑落家門前的玻璃窗，李先生和李太太準備好要出門。這次外出，李先生計畫已久。還記得也是這樣的大晴天，那時年輕的他們總愛在這樣的好天氣計畫著去哪又去哪，沿途東聊西聊，嘻笑著、打鬧著，一切都是那麼的愉快、自在。

看到如此陽光普照的一天，李先生轉頭看了看李太太，李太太對著他微笑，他也對著她微笑，李先生忽然覺得這感覺溫暖又熟悉。

「我們要去哪裡？」李太太突然問到，將李先生從過往的思緒中拉回。

「我們昨天說好了啊，去拜訪一位老朋友。」

「喔，對，老朋友。」李太太又再次微笑，雙眼望向遠方，眼珠子映照了前方金黃色的街景，也映照出期待的心情。

他們走啊走，來到了公車站，公車正巧來了，但不巧這班車乘客特別多，李先生一上車後見還有個位置，便讓李太太先坐。後面又陸陸續續有幾個人上車，李先生和李太太因滿載的乘客而隔了有些距離，但李先生的目光依然黏在李太太身上，他又想到過往那些個大晴天。

「你要坐到哪一站？」李太太坐下後隨即問身旁一位老婦人。

「我再兩三站就到了，你呢？」老婦人臉上堆滿笑容，熱情地回答。

「我也是。那你下車後要去哪裡？」李太太微笑地說。

「去看我兒子和媳婦，最近媳婦坐月子，這段時間我可有得忙了。」

「那，你兒子和媳婦在哪？」李太太又問到。

老婦人眉頭一皺，歪頭望著李太太道：「他們今天在家啊！」像在想著什麼，她於是有點不好意思的說：「但大多時候叫我好找，都連絡不上，只說很忙。唉，現在年輕人都這樣啦！」

「好找？那你要去哪找？」

老婦人眉頭更皺了，表情也疑惑了起來。

「我快下車了啊，去我兒子那裡。」

「那，你兒子在哪？」

「他在家！我快要下車了啊！我要去找我兒子和媳婦！我要去找他們！」

老婦人的聲音突然拉高也擴大，乘客們的目光忽然都投向他們，除了李先生，因爲他的目光一直都在李太太身上。

老婦人覺得又生氣又羞愧，瞪了瞪李太太，用手中的拐杖重重擊地後起身，提著大包小包往公車頭擠去。之後，車內一片沉靜，但這份沉靜感卻是有重量的，重重地壓在李先生身上，他頓時有種喘不過氣的感覺。

這樣的靜默持續了快五分鐘，但也不是完全的靜默，雖然隔著幾位乘客，李先生還是隱隱約約聽見李太太的呢喃：「你要去哪裡？那裡在哪裡？哪裡……那裡……。」

終於離開那壓力鍋般的車廂，他們又再次漫步在這個金黃色的大晴天裡。

「我們要去哪裡？」過了一會兒，李太太又問到。

「到了。」李先生簡短的回答，但這次沒有看向李太太，而是看著前方一位身著白衣白裙的女子。

「李先生嗎？這邊請。」白衣女子說。

李先生牽起李太太的手，他們身旁有許多人，或不安的看著他們、或念念有詞、或對他們傻笑，李先生只管牽著李太太，走啊走，想走進過往那些個大晴天裡。

群居者們

中文四　許雅筑

噗通。

掉進水裡眞麻煩。他撿起湖邊的枯樹枝踩著急促的步伐走向聲音源頭，一個盒子在水裡載浮載沉，一大片浮萍隨著盒子激起的漣漪浮動著，岸上的收音機播放著整點新聞：「熊貓寶寶圈圈首度見客，大量遊客湧入動物園……」

他蹲在岸邊，左手撐住左腳穩住重心，上半身往前傾，右手試圖用枯樹枝勾住盒子，漣漪一圈一圈地退去，浮萍環繞於盒子四周，怎麼勾也勾不著。

「前天發生隨機殺人案件的現場，至今仍有不少民眾帶著鮮花前往祝禱，追思獻花逾百公尺……」

也許用力拍打水面能夠讓盒子漂回來，他刻意忽略這是沒有物理根據的猜測，用力拍打盒子附近的浮萍，盒子受到劇烈波動影響，又往下沉了一些，浮萍隨著水紋波動竄逃，「深色立委拉布條控告黃色黨團，挺廢死等同縱容隨機殺人犯……」，盒子在水中掙扎後重新浮出水面，浮萍便又簇擁而上，「隨機殺人犯移送地檢署，現場大批民眾等候在外，一名男子衝出人群重擊隨機殺人犯臉部……」

盒子似乎往岸邊靠近一些，不過仍然是樹枝勾不到的距離，他索性站上岸邊佈滿青苔的石頭，用力伸展手臂，輕輕將樹枝戳向盒子，突然腳下一滑，施力太大而將盒子推離更遠，「全台陸續發生多起隨機砍人事件，幸好沒有任何人傷亡……」、「某大學精神病友莫名遭強制送醫，各方反應兩極，精神病的標籤隨著最近的社會事件發酵越來越嚴重……」他跌坐在石頭上，看著遠方的盒子被浮萍規律地碰撞著，「隨機殺人事件受害者家屬理性發言，遭網友質疑冷靜到異常……」

他從石頭上站起來，將樹枝隨手扔在一邊，走回岸上的收音機旁，拾起散落在地面的其中一支捕蟲網，大步邁向岸邊。他再度站上石頭，在空中用力揮動捕蟲網，發出呼呼的聲響，儼然是一種示威儀式，重重地吸了一口氣，補蟲網瞄準水面上的盒子擊去，「隨機殺人事件震驚社會，死刑存廢再度引發社會高度關注，法務部執行槍決死刑犯……」浮萍被纏入捕蟲網中，盒子受到重擊沉入水中，盒子的邊角在水平面若隱若現，隨即消失在湖面上，浮萍快速地群聚，調整至切合彼此的位置，湖面恢復外來物入侵前的平靜，浮萍便在湖中靜止不動。「歡迎回到整點新聞，熊貓寶寶圈圈首度見客，大量遊客湧入動物園……」

他將補蟲網往湖裡一扔，轉頭走回岸上，放任捕蟲網硬生生地掘開水面。

車站與座位

電機系　戴光佑

「你聽見了嗎？」身旁的母親對我說著。

「我的站已經到了，是該分別的時候了。」我抓住母親的手，求她不要離開，但她無論如何都要走。

下車前母親像平常一樣摸摸我的頭，然後告訴我「接下來的旅程可能艱辛、可能顛簸，但我的孩子，你已是獨當一面的大人了，我也沒有能教你的了。」母親踏出步伐，車門同時關上了。

火車汽笛響起，母親揮著手，我看著，人影越變越小，直到風景再度變成一片稻田。

回到座位上，原本母親和我對坐的位子，有個人坐在上面——男人，身著西裝，外表老成。

他拿出一瓶紅酒和兩個高腳杯，示意要我裝滿它們。我不怎麼喜歡酒，但男人不同，一邊享受著一邊搖著酒杯，相當的滿意酒的味道。

一路上男人一句話也沒說，只是喝著酒，杯子空了我就負責倒滿。看著窗外，是聳立著高樓大廈的景色，看著男人，我覺得男人的樣貌和我有些相似，我大概是醉了，我想。

似乎是睡著了，我沒注意到男人什麼時候下車的，他留下一件一模一樣的西裝。搖了搖昏沉沉的腦袋，身上的汗水讓我覺得不舒服，我站起來走向車上的廁所洗把臉。

在洗手台把上半身用水擦過了一遍，因爲沒其他衣服，只好換上男人留下的西裝，不知爲何穿起來挺合身的。回到座位上，但位子上已經有人了，應該是不小心坐錯了，我想。

「不好意思，那個座位已經有人了。」我說。

身著白色洋裝的女子緊張的站了起來，不停向我道歉，女子羞愧的臉都紅了。

就在女子轉身離去時，我叫住了她「那個……我旁邊的座位是空的，不介意的話，就坐這吧！」女子一時露出驚訝的表情，不過馬上轉成了笑容，女子答應了，不知何時窗外的風景變成了綿延不絕的向日葵田。

我和女子聊起工作、興趣、書本和自己的家人，女子告訴我在不久前自己的母親就先下車了，雖然有幾個朋友，但他們跟女子搭的班次並不同，女子只好一個人旅行，換了幾次車，最後來到這列車上。不知是不是巧合，我覺得自己和女子有些相似，看來這趟旅程我不會是一個人，我想。

對坐來了許許多多的人，一對廚師夫妻，爲了孩子到外地工作、年輕的學生，害怕課業離家出走、沒錢返鄉卻偷渡上車的流浪漢、過去多年不見的小學同學。他們會聊起自己，聊起身邊的事……

風景也變化著，從原始茂密的自然森林到風平浪靜的沙灘；從斷垣殘壁的廢墟到深不可見的隧道……

不管多少人下車了，不管風景是好是壞，女子都坐在我身旁的座位，不知不覺間我們會靠在彼此的身上休息，會開起對方的玩笑，不知不覺間窗外的景色對我已經不重要了，眼裡只有女子的身影。

不知道又行駛了多久，某一站上來了一個小女孩，車上的空位還多的是，但女孩偏偏停在我們的座位前，一屁股坐在我和女子的中間，我問她「會不會太擠了」，她說喜歡溫暖的感覺。

我看向女子，女子點了點頭，看來這趟旅程又會多一個人了，我想。

會在某站下車……
但在那之前，旅程都不會是一個人。

國家圖書館出版品預行編目(CIP)資料

我們終究還是錯過 / 林黛嫚主編. -- 一版. --
新北市：淡大出版中心, 2017.05
面；　公分. -- (淡江書系；TB016) (五虎崗文學；4)
ISBN 978-986-5608-50-7(平裝)

830.86　　　　106005210

淡江書系 TB016　　五虎崗文學4

我們終究還是錯過

主　　編　林黛嫚

社　　長　林信成
總 編 輯　吳秋霞
行政編輯　張瑜倫
行銷企畫　陳卉綺
助理編輯　李韋達
內文排版　普林特斯資訊有限公司
封面設計　斐類設計工作室
印 刷 廠　百通科技股份有限公司

發 行 人　張家宜
出 版 者　淡江大學出版中心
地址：新北市25137淡水區英專路151號海博館1樓
電話：02-86318661　傳真：02-86318660

出版日期　2017年5月 一版一刷
定　　價　320元

總 經 銷　紅螞蟻圖書有限公司
展 售 處　淡江大學出版中心
地址：新北市淡水區英專路151號海博館1樓
淡江大學—驚聲書城
地址：新北市淡水區英專路151號商管大樓3樓

ISBN 978-986-5608-50-7